वॉरेन बफ़ेट

के

मैनेजमेंट रहस्य

वॉरेन बफ़ेट
के
मैनेजमेंट रहस्य

व्यक्तिगत और व्यावसायिक सफलता
के आज़माए हुए तरीक़े

मैरी बफ़ेट और डेविड क्लार्क

अनुवाद : सुधीर दीक्षित

MANJUL
मंजुल पब्लिशिंग हाउस

MANJUL

मंजुल पब्लिशिंग हाउस

कॉरपोरेट एवं संपादकीय कार्यालय

• द्वितीय तल, उषा प्रीत कॉम्प्लेक्स, 42 मालवीय नगर, भोपाल-462 003

विक्रय एवं विपणन कार्यालय

• सी-16, सेक्टर 3, नोएडा, उत्तर प्रदेश, 201301

वेबसाइट : www.manjulindia.com

वितरण केन्द्र

अहमदाबाद, बेंगलुरू, भोपाल, कोलकाता, चेन्नई,
हैदराबाद, मुम्बई, नई दिल्ली, पुणे

मैरी बफ़ेट और डेविड क्लार्क द्वारा लिखित मूल अंग्रेजी पुस्तक
वॉरेन बफ़ेट्स मैनेजमेंट सीक्रेट्स का हिन्दी अनुवाद

Warren Buffett's Management Secrets
by Mary Buffett & David Clark – Hindi edition

Original English language title from Proprietor's edition of the Work

Published by arrangement with the original publisher, Scribner, a Division of Simon & Schuster, Inc.

यह हिन्दी संस्करण 2022 में पहली बार प्रकाशित

ISBN 978-93-5543-216-2

अनुवाद : सुधीर दीक्षित

Printed on Print Demand

सैम और डेक्स्टर को

पांचवाँ क़दम

प्रबंधकों के संकट, चुनौतियाँ और सीखने के अवसर

प्रस्तावना

वॉरेन बफ़ेट की निवेश नीतियों और तकनीकों के बारे में बहुत ज़्यादा लिखा जा चुका है। उनके हर निवेश का पूरे विस्तार से पोस्टमार्टम और विश्लेषण हो चुका है। डेविड और मैंने ही मिलकर *बफ़ेटोलॉजी, द बफ़ेटोलॉजी वर्कबुक, द न्यू बफ़ेटोलॉजी, द ताओ ऑफ़ वॉरेन बफ़ेट* और *वॉरेन बफ़ेट ऐंड द इंटरप्रीटेशन ऑफ़ फ़ाइनैंशियल स्टेटमेंट्स* नामक पाँच पुस्तकें लिखी हैं - जिनमें वॉरेन की निवेश तकनीकों के बारे में बताया गया है और ये सभी अंतरराष्ट्रीय बेस्टसेलर रही हैं।

लेकिन वॉरेन बफ़ेट के बारे में ऐसी पुस्तक आज तक नहीं लिखी गई, जो यह बताए कि वॉरेन ने कितने अच्छे तरीक़े से अपने जीवन, व्यवसायों और उन मैनेजरों का प्रबंधन किया, जो पूरे संसार में बर्कशायर हैथअवे के 2,33,000 कर्मचारियों का प्रबंधन करते हैं। निवेश में जीनियस होने के साथ-साथ वॉरेन बफ़ेट जीनियस मैनेजर भी हैं, जिनके अधीन 88 अलग-अलग कंपनियों के सीईओ काम करते हैं। आधुनिक व्यावसायिक संसार में किसी मनुष्य ने इतने अलग-अलग क्षेत्रों में काम करने वाले इतने ज़्यादा योग्य मैनेजरों का प्रबंधन नहीं किया है और इतने शानदार परिणाम नहीं दिए हैं।

कई मायनों में बफ़ेट का प्रबंधकीय रिकॉर्ड बर्कशायर हैथअवे में उनके आश्चर्यजनक निवेश रिकॉर्ड से भी ज़्यादा अच्छा है। 1979 में कंपनी की ऑपरेशनल एन्युअल नेट इनकम 18 डॉलर प्रति शेयर थी, जो 2007 में 4,093 डॉलर हो गई। इसका अर्थ है 21.39 प्रतिशत की चक्रवृद्धि वार्षिक विकास दर, जो इस बात का प्रमाण है कि वॉरेन और उनके मैनेजरों ने

कंपनी का बहुत उत्कृष्ट प्रबंधन किया। (इसकी तुलना में इसी अवधि में *बर्कशायर का निवेश पोर्टफ़ोलियो* 19.78 प्रतिशत वार्षिक चक्रवृद्धि दर से बढ़ा। यानी हम यह कह सकते हैं कि मैनेजर के रूप में वॉरेन का प्रदर्शन निवेशक के रूप में उनके प्रदर्शन से बेहतर है।)

हमने वॉरेन बफ़ेट की प्रबंधकीय प्रतिभा को उजागर करने वाली यह पहली पुस्तक लिखी है, ताकि आपको उनके बारे में पूरी जानकारी मिल सके - उनके प्रबंधन के तरीक़े क्या हैं, वे कैसे काम करते हैं और आप उनका कैसे इस्तेमाल कर सकते हैं। हम बताएँगे कि डेल कारनेगी का वॉरेन के जीवन पर कितना प्रभाव पड़ा और कारनेगी के सिद्धांतों ने महान मैनेजर बनने में वॉरेन की काफ़ी मदद की।

यह पुस्तक पढ़ने में आसान है और अध्याय छोटे हैं। वॉरेन जिन तरीक़ों का इस्तेमाल करते हैं, उन्हें समझना आसान है, लेकिन जैसा आप देखेंगे, उनके ज़बर्दस्त परिणाम मिलते हैं।

हमें आशा है कि आगे आने वाली पीढ़ियों के हर उम्र के लोग अपने सपने साकार करने की प्रेरणा पाने के लिए वॉरेन के प्रबंधन तरीक़ों का इस्तेमाल करेंगे।

मैरी बफ़ेट और डेविड क्लार्क
1 जुलाई, 2009

सिंहावलोकन

वॉरेन बफ़ेट के मैनेजमेंट रहस्य

जवानी में वॉरेन बफ़ेट इतने संकोची थे कि सबके सामने बोलने में घबराते थे। बीस साल की उम्र में उनकी स्थिति यह थी कि वे लोगों के सामने खड़े होकर बोलने में थर-थर काँपते थे। फिर उन्होंने सार्वजनिक संभाषण पर डेल कारनेगी कोर्स किया, जिसने उनकी ज़िंदगी बदल दी। इसकी मदद से उनमें लोगों के समूह के सामने व्याख्यान देने की हिम्मत और योग्यता आ गई। इसके अलावा इस कोर्स से उन्होंने लोगों को दोस्त बनाने और उन्हें प्रेरित-प्रोत्साहित करने का तरीक़ा भी सीखा। वॉरेन खुद मानते हैं कि कारनेगी कोर्स की नसीहतों ने उनकी ज़िंदगी बदली थी और यह उनके जीवन का सबसे महत्त्वपूर्ण डिप्लोमा था।

सार्वजनिक संभाषण की कला में निपुण होने के बाद वॉरेन ने लोगों के साथ व्यवहार में डेल कारनेगी के सिद्धांतों पर अमल शुरू किया। उन्होंने कारनेगी की मशहूर पुस्तक *हाउ टु विन फ्रेंड्स ऐंड इंफ़्लुएंस पीपल* को दर्जनों बार पढ़ा। वे इससे इतने प्रभावित थे कि उन्होंने इसके कई अंशों को रेखांकित करने के साथ-साथ याद भी कर लिया। यह पुस्तक वॉरेन के लोक-व्यवहार की बाइबल और उनके प्रबंधन दर्शन की बुनियाद बन गई।

क्या वे सफल रहे?

विश्व की अग्रणी एविएशन ट्रेनिंग कंपनी फ़्लाइटसेफ़्टी इंटरनेशनल इंक. के संस्थापक और चेयरमैन ए.एल. युएल्ट्स्की ने लेखक रॉबर्ट पी. माइल्स को अपने बॉस वॉरेन के बारे में बताते हुए कहा था : "एक अच्छे

मैनेजर का मतलब है अच्छा नेतृत्व।" लीडरशिप (LEADERSHIP) शब्द के अक्षर उन गुणों को बताते हैं, जो एक अच्छे मैनेजर में होने चाहिए :

एल का मतलब है वफ़ादारी, और
ई का मतलब है उत्साह,
ए का मतलब है नज़रिया, और
डी का मतलब है अनुशासन।
ई का मतलब है मिसाल - आपको अच्छी मिसाल पेश करनी होती है - और
आर का मतलब है सम्मान।
एस का मतलब है समझदारी और
एच का अर्थ है ईमानदारी।
आई का मतलब है सत्यनिष्ठा और
पी का मतलब है गर्व।

"मुझे वॉरेन बफ़ेट के बारे में सबसे अच्छी बात यह लगती है कि उनमें ये सारे गुण हैं।"

इस पुस्तक में हम वॉरेन के नेतृत्व गुणों का परीक्षण करेंगे। इसके साथ-साथ हम यह भी देखेंगे कि वॉरेन ने अपनी सीखी चीज़ों को एक विजेता मैनेजमेंट फ़ॉर्मूले में कैसे बदला, जिसकी बदौलत वे उत्कृष्ट मैनेजर बनने के साथ-साथ संसार के दूसरे सबसे अमीर इंसान भी बने।

सीखने की प्रक्रिया को सुगम बनाने के लिए हमने वॉरेन के प्रबंधन दर्शन को नीचे दिए पाँच खंडों या क़दमों में बाँटा है - जिनमें से प्रत्येक उनकी प्रबंधकीय योग्यताओं को दर्शाता है।

1. सही व्यवसाय या कंपनी चुनें

वॉरेन ने यह बात समझ ली है कि सभी व्यवसाय या कंपनियाँ एक जैसी नहीं होतीं। सफलता का पहला क़दम है सही व्यवसाय या कंपनी का मालिक, प्रबंधक या कर्मचारी बनना, जिसके पक्ष में सही अर्थशास्त्र काम कर रहा

हो। आप चाहे मालिक हों, मैनेजर हों या कर्मचारी हों, इसी तरीक़े से आप शुरुआत में ही खेल में दूसरों से आगे निकल सकते हैं।

2. अधिकार सौंपें

दूसरा क़दम है, अधिकार सौंपना। इस संदर्भ में वॉरेन का दृष्टिकोण अनूठा है, जिसकी बदौलत वे बर्कशायर हैथअवे को एक छोटी, असफल होती टैक्स्टाइल कंपनी से एक दिग्गज मल्टीनैशनल कॉरपोरेशन में बदलने में कामयाब हुए।

3. सही गुणों वाला मैनेजर खोजें

तीसरा क़दम यह जानना है कि किसी उत्कृष्ट व्यवसाय के प्रबंधन के लिए कौन से गुण आवश्यक हैं - यहाँ वॉरेन सत्यनिष्ठा, बुद्धिमानी और व्यवसाय के प्रति जुनून को महत्त्वपूर्ण मानते हैं और हमें भी सफल मैनेजर बनने के लिए इन गुणों को विकसित करना चाहिए।

4. अपने अधीनस्थों को प्रोत्साहित करें

जब वॉरेन उत्कृष्ट व्यवसाय या कंपनी खोज लेते हैं और सही मैनेजर को नियुक्त कर देते हैं, तो इसके बाद वे अपने मैनेजरों को सर्वश्रेष्ठ संभव प्रदर्शन करने के लिए प्रोत्साहित करते रहते हैं, ताकि कंपनी, मैनेजर और कर्मचारी ज़्यादा से ज़्यादा उत्पादक होकर उत्कृष्ट परिणाम दें। यहाँ हम अध्ययन करेंगे कि वॉरेन ने कारनेगी के तरीक़ों का किस तरह अनुकूलन और विस्तार किया। मैनेजर की सबसे अनिवार्य योग्यता यह है कि उसे सफलता हासिल करने के लिए दूसरों को प्रोत्साहित करने में निपुण होना चाहिए। वॉरेन प्रेरित और प्रोत्साहित करने की कला में माहिर हैं, जिसकी वजह से उनके मैनेजरों ने एक के बाद एक कीर्तिमान बनाए हैं, जिसकी बदौलत आज बर्कशायर हैथअवे 150 अरब डॉलर की कंपनी बन चुकी है।

5. अलग-अलग समस्याओं के लिए प्रबंधकीय सूत्रवाक्य

अंतिम खंड में बफ़ेट के प्रबंधन संबंधी कई सूत्रवाक्य हैं, जो बताते हैं कि लीवरेज का प्रबंधन कैसे करें, बेईमान कर्मचारियों से कैसे निबटें और लागत कम कैसे रखें।

पुस्तक के अंत में हम कुछ "वॉरेन-सूक्तियाँ" बताएँगे, जिनसे आपको रोज़मर्रा के जीवन का प्रबंधन करने में मदद मिलेगी। व्यवसाय और जीवन में सफलता आम तौर पर साथ-साथ चलती हैं और वॉरेन के पास कुछ उपयोगी सूत्र हैं, जो जीवन प्रबंधन योग्यताओं को बेहतर बनाने में हमारी मदद करेंगे।

तो आइए चलते हैं...

वॉरेन बफ़ेट के मैनेजमेंट रहस्य

पहला क़दम

काम करने के लिए सही व्यवसाय या कंपनी चुनें

सही कंपनी में काम करना बहुत महत्त्वपूर्ण होता है, क्योंकि यह सफल और अच्छे वेतन वाले करियर या फिर चाकरी भरी ज़िंदगी के बीच का फ़र्क़ हो सकता है। यह एक सफल दीर्घकालीन निवेश और शून्य आमदनी के बीच का फ़र्क़ भी हो सकता है। वॉरेन ने यह खोजा कि एक ख़ास तरह की कंपनियों का आंतरिक व्यावसायिक अर्थशास्त्र इतना बेहतरीन होता है कि बुरा मैनेजर भी वहाँ पर काम करते समय अच्छा दिखाई देता है। आपको इन्हीं कंपनियों के शेयर ख़रीदने चाहिए और इन्हीं में नौकरी करना चाहिए। वॉरेन ने कुछ विशेषताएँ बताई हैं, जिनसे हमें इन अद्भुत कंपनियों को पहचानने में मदद मिलेगी। और हम यहीं से शुरू करेंगे।

1

करियर के सबसे बेहतरीन अवसरों वाली कंपनी को कैसे खोजें

"जिस कंपनी को विकास करने के लिए भारी पूँजी की ज़रूरत होती है और जिस कंपनी को विकास करने के लिए पूँजी की ज़रूरत नहीं होती, उनके बीच बहुत बड़ा फ़र्क़ होता है।"

— वॉरेन बफ़ेट

यह दीर्घकालीन निवेशक और बिज़नेस मैनेजर के रूप में वॉरेन की सफलता को समझने की कुंजी है। जिन कंपनियों के पक्ष में श्रेष्ठ अर्थशास्त्र काम करता है, वे आमदनी से कम ख़र्च करती हैं। ऐसा आम तौर पर इसलिए होता है, क्योंकि वे किसी ब्रांड नेम वाले प्रॉडक्ट का उत्पादन करती हैं, जिसे कभी बदलना नहीं पड़ता या वे ऐसी अहम सेवा प्रदान करती हैं, जिससे वे ज़्यादा ऊँचे भाव रखकर अपने प्रॉफ़िट मार्जिन को बेहतर बना सकती हैं।

जब ब्रांड नेम वाले प्रॉडक्ट को कभी बदलना ही नहीं पड़े, तो कंपनी को शोध और विकास पर ज़्यादा पैसे ख़र्च करने की ज़रूरत नहीं होती, ना ही इसे डिज़ाइन परिवर्तन के लिए नए प्लांट या मशीनों की ज़रूरत होती है। इसलिए यह हर साल उसी प्लांट और मशीनों का इस्तेमाल कर सकती है, जब तक कि मशीनें पूरी तरह नहीं घिस जाएँ। इसमें जो पैसा बचता है, उससे कंपनी अपने कारोबार या स्वयं का विस्तार कर सकती है,

जिसके लिए इसे अतिरिक्त क़र्ज़ नहीं लेना पड़ेगा या नए शेयर जारी नहीं करने पड़ेंगे। विस्तार या विकास के लिए आवश्यक पूँजी मुनाफ़े में से ही निकल आती है। ज़ाहिर है, इससे इन बेहतरीन कंपनियों के मैनेजर बहुत प्रतिभाशाली नज़र आते हैं!

उदाहरण के लिए : कोका-कोला जैसी कंपनी को कभी अपने प्रॉडक्ट के नए डिज़ाइन के लिए अरबों डॉलर ख़र्च करने की ज़रूरत नहीं है। इसे प्रतिस्पर्धियों से आगे रहने के लिए अपने उत्पादन कारख़ानों में नई मशीनें लगाने की ज़रूरत नहीं है। इसका मतलब यह है कि इसके पास दूसरी कंपनियों को ख़रीदने या अपने मैनेजरों को तगड़े बोनस देने के लिए बहुत पैसा रहता है। दूसरी ओर, जनरल मोटर्स जैसी कंपनी कार बनाती है। चूँकि कारों की शैली लगभग हर साल बदलती रहती है, इसलिए इसे नए डिज़ाइनों पर अरबों डॉलर ख़र्च करने पड़ते हैं और फ़ोर्ड या टोयोटा जैसी संसार की दूसरी कार कंपनियों की प्रतिस्पर्धा के चलते अपने नए मॉडल उतारने के लिए नई मशीनें लगानी पड़ती हैं।

आप इनमें से किस कंपनी में काम करना चाहेंगे - उसके लिए, जहाँ मुनाफ़े में ढेर सारा नक़द पैसा आ रहा है या फिर उसके लिए, जो ढेर सारे पैसे ख़र्च कर रही हो? ज़ाहिर है, आप ढेर सारे नक़द पैसों वाली कंपनी को चुनेंगे, क्योंकि अत्यधिक नक़दी या मुनाफ़े से प्रबंधन की वाहवाही होती है, जिसका मतलब है कि वे साल के अंत में खुद को काफ़ी उदारता से बोनस दे सकते हैं।

और ज़्यादा पैसे मिलना हमेशा अच्छा होता है।

स्थायी प्रतिस्पर्धी लाभ वाली कंपनियाँ

वॉरेन मानते हैं कि स्वामी बनने, निवेश करने या नौकरी करने के लिए सर्वश्रेष्ठ कंपनी वह है, जिसके पास स्थायी प्रतिस्पर्धी लाभ हो। इसी तरह की कंपनी करियर में प्रगति, नौकरी की सुरक्षा और लंबे समय में पैसे कमाने का सर्वश्रेष्ठ अवसर प्रदान करती है। इन श्रेष्ठ कंपनियों का अपने बाज़ार पर एकाधिकार या क़ब्ज़ा जैसा होता है। यानी इन कंपनियों के प्रॉडक्ट्स या सेवाएँ ऐसे होते हैं, जो दरअसल कभी नहीं बदलते हैं, जो आसानी से बिकते हैं और जिनकी उपभोक्ता के दिमाग़ में ख़ास जगह होती है। इसका मतलब

है, ज़्यादा ऊँचे प्रॉफ़िट मार्जिन और इनवेंट्री टर्नओवर, जिसका मतलब है कि इन कंपनियों की तिजोरी नक़दी से भरी रहती है।

सिक्के का दूसरा पहलू देखें। कई कंपनियों का अर्थशास्त्र ख़राब होता है, इसलिए आप उनमें कभी अच्छे नहीं दिख सकते। ये उत्थान-और-पतन के चक्र वाली कंपनियाँ होती हैं, जिनमें आप एक पल तो सितारे की तरह जगमगाते हैं, लेकिन अगले ही पल आपको नौकरी से निकाल दिया जाता है।

इसलिए हमें जिस कंपनी में सबसे लाभदायक रोज़गार मिल सकता है, वह वही है, जिसके पक्ष में किसी तरह का स्थायी प्रतिस्पर्धी लाभ काम कर रहा हो। वॉरेन ने पता लगाया है कि इन श्रेष्ठ कंपनियों के तीन बुनियादी बिज़नेस मॉडल्स हैं : या तो वे (1) कोई अनूठा प्रॉडक्ट बेचती हैं, (2) कोई अनूठी सेवा बेचती हैं, या (3) किसी प्रॉडक्ट या सेवा की सबसे किफ़ायती ख़रीदार और विक्रेता होती हैं, जिसकी जनता को लगातार ज़रूरत पड़ती है।

आइए इन तीनों प्रकार के श्रेष्ठ व्यवसायों पर नज़र डालते हैं और यह पता लगाते हैं कि उनमें रोज़गार के कैसे अवसर हैं।

कंपनियाँ जो अनूठा प्रॉडक्ट बेचती हैं : इस संसार में कोका-कोला, पेप्सी, रिगली, हर्शी, कूर्स, गिनीज़, क्राफ़्ट, मर्क ऐंड कंपनी, जॉनसन ऐंड जॉनसन, प्रॉक्टर ऐंड गैम्बल और फ़िलिप मॉरिस जैसी कंपनियाँ रहती हैं। उपभोक्ता आवश्यकता और अनुभव की प्रक्रिया तथा विज्ञापनों से प्रचार करके इन कंपनियों ने अपने प्रॉडक्ट्स की कहानियाँ हमारे दिमाग़ में डाल दी हैं। इस वजह से जब भी हम किसी ख़ास आवश्यकता को संतुष्ट करना चाहते हैं, तो हम तुरंत ही उनके प्रॉडक्ट्स के बारे में सोचने लगते हैं। चुइंग ग़म खाना चाहते हैं? आपके दिमाग़ में रिगली का नाम आ जाएगा। ऑफ़िस में गर्म दिन के बाद ठंडी बियर पीना चाहते हैं? आप बडवीज़र और कूर्स के बारे में सोच सकते हैं। पिछले 284 सालों से आयरलैंड के लोग बारिश भरी ठंडी रातों को स्थानीय पब में गिनीज़ के पिंट और अँगीठी की गर्म आग के बारे में सोचते आ रहे हैं। और फ़िलिप मॉरिस ने पूरे संसार में मार्लबरो सिगरेट बेचकर भारी दौलत कमाई है।

इस तरह की कंपनियों के बारे में वॉरेन मानते हैं कि वे उपभोक्ता के मस्तिष्क के एक हिस्से के स्वामी बन रहे हैं। जब कोई कंपनी उपभोक्ता

के मस्तिष्क के किसी हिस्से की स्वामी बन जाती है, तो इसे कभी अपने प्रॉडक्ट नहीं बदलने पड़ते, जो बहुत अच्छी बात है, जैसा आप आगे देखेंगे। और इसे ज़्यादा ऊँचे भाव रखने और ज़्यादा प्रॉडक्ट बेचने का भी अवसर मिलता है, जिसका मतलब है ज़्यादा बड़े प्रॉफ़िट मार्जिन और इनवेंट्री का ज़्यादा टर्नओवर, जिसका मतलब है इनकम स्टेटमेंट में ज़्यादा मुनाफ़ा। इन कंपनियों को पहचानना आसान होता है, क्योंकि उन्हें निरंतर और तगड़ा मुनाफ़ा होता है और उनकी बैलेंस शीट में या तो क़र्ज़ होता ही नहीं है या फिर बहुत कम होता है।

रोज़गार के मामले में ये विशेष कंपनियाँ हमें मशहूर मैनेजर बनने का सबसे आसान अवसर प्रदान करती हैं। ये कंपनियाँ नक़दी में डूबी रहती हैं, जिसका मतलब है कि वे उदार वेतन और भारी बोनस दे सकती हैं। इसके अलावा, उनके पास दूसरी कंपनियों को ख़रीदने और नए व्यवसाय शुरू करने के लिए भी पैसे रहते हैं, जिसका मतलब है कि यहाँ किसी युवा मैनेजर के लिए उत्कृष्ट बनने के काफ़ी अवसर होते हैं। मानें या नहीं मानें, कोक के साथ सब कुछ बेहतर हो जाता है, जिसमें आपका करियर भी शामिल है।

कंपनियाँ जो अनूठी सेवा बेचती हैं : यह मूडीज़, एचऐंडआर ब्लॉक, एमेक्स, सर्विसमास्टर और वेल्स फ़ारगो का संसार है। ये कंपनियाँ वकीलों और डॉक्टरों की तरह सेवाएँ बेचती हैं, जिनकी लोगों को ज़रूरत है और जिनके लिए वे पैसे देने को तैयार हैं - लेकिन डॉक्टरों और वकीलों के विपरीत ये कंपनियाँ लोगों के बजाय संस्था को महत्त्व देती हैं। जब भी आप अपने टैक्स भरने के बारे में सोचते हैं, तो आप एचऐंडआर ब्लॉक के बारे में सोचते हैं। आप एचऐंडआर ब्लॉक के कर्मचारी जैक के बारे में नहीं सोचते हैं, जो आपका टैक्स रिटर्न फ़ाइल करता है। किसी अनूठी सेवा को बेचने का अर्थशास्त्र ज़बर्दस्त होता है। कंपनी को अपने प्रॉडक्ट के नए डिज़ाइन पर ज़्यादा पैसे ख़र्च करने की ज़रूरत नहीं होती, ना ही इसे उत्पादन कारख़ाना या वेयरहाउस बनाने में ख़र्च करना पड़ता है। उपभोक्ता के मस्तिष्क के हिस्से की स्वामी अनूठी सेवाएँ बेचने वाली कंपनियों के मार्जिन प्रॉडक्ट बेचने वाली कंपनियों से ज़्यादा ऊँचे होते हैं। इन कंपनियों में मैनेजरों को ज़्यादा अच्छा वेतन मिल सकता है, करियर में ज़्यादा पुरस्कार मिल सकते हैं और

यहाँ बाक़ी कंपनियों जितनी वित्तीय आशंकाएँ नहीं रहतीं। यक़ीन नहीं हो, तो एचऐंडआर ब्लॉक और जीएम कंपनियों के कार्यसंचालन इतिहासों की तुलना करके देख लें। चाहे मंदी कितनी ही बुरी क्यों नहीं हो, लोगों को टैक्स रिटर्न फ़ाइल करने होंगे - टैक्स रिटर्न फ़ाइल करने के व्यवसाय में कभी मंदी नहीं आ सकती। लेकिन अर्थव्यवस्था के उतार-चढ़ाव जीएम जैसी कंपनी में काफ़ी कम समय में तबाही मचा सकते हैं। एचऐंडआर ब्लॉक की प्रबंधकीय टीम यूनियन की माँगों, बहुत ज़्यादा क़र्ज़ या जनता की ख़रीदने की प्रवृत्तियों के बारे में चिंता करते हुए रात भर नहीं जागेगी। यह बात जीएम की प्रबंधन टीम के बारे में नहीं कही जा सकती।

जो कंपनियाँ सबसे किफ़ायती ख़रीदार और विक्रेता होती हैं : यह वॉल-मार्ट, कॉस्टको, नेब्रास्का फ़र्नीचर मार्ट, बोरशीम्स फ़ाइन ज्वेलरी और द बर्लिंगटन नॉर्दर्न सांता फ़े का संसार है। यहाँ बड़े मार्जिन के बजाय वॉल्यूम पर ज़ोर दिया जाता है और ज़्यादा सामान बेचकर कम प्रॉफ़िट मार्जिन की भरपाई की जाती है। यहाँ सबसे अहम चीज़ सबसे किफ़ायती ख़रीदार होना है, ताकि आपके मार्जिन प्रतिस्पर्धियों से ज़्यादा हों, लेकिन इसके बावजूद आप किसी प्रॉडक्ट या सेवा को सबसे कम भाव पर बेच सकें। यहाँ शहर में सबसे सस्ते भाव की छवि उपभोक्ताओं को आकर्षित करती है। अगर आपको ओमाहा में अपने घर के लिए फ़र्नीचर चाहिए, तो आप सर्वश्रेष्ठ चयन और सबसे किफ़ायती भाव के लिए नेब्रास्का फ़र्नीचर मार्ट जाते हैं। अपना सामान देश के पार भेजना चाहते हैं? द बर्लिंगटन नॉर्दर्न आपको सबसे अच्छे सौदे दे सकता है। छोटे कस्बे में रहने के बावजूद सर्वश्रेष्ठ चयन और सर्वश्रेष्ठ भाव चाहते हैं? आप वॉल-मार्ट जाते हैं।

जिन तीन बिज़नेस मॉडल्स पर बातचीत की गई है, उनमें सबसे किफ़ायती ख़रीदार और विक्रेता मॉडल में करियर में तरक़्क़ी के सबसे कम अवसर होते हैं। प्रबंधन पर लागत कम रखने का लगातार दबाव रहता है, जिससे वेतन कम रहने की प्रवृत्ति होती है, लेकिन फिर भी ये व्यवसाय रोज़गार और प्रबंधन बेहतर के इतने अच्छे अवसर देते हैं, जो उस दोयम दर्जे की कंपनियों में नहीं मिलते, जो इन तीन श्रेणियों में नहीं आती हो।

अब जब हम जान चुके हैं कि नौकरी करने के लिए "आदर्श" व्यवसाय का मॉडल क्या है, तो आइए हम उनकी आर्थिक तसवीर को थोड़े ज़्यादा क़रीब से देखते हैं, ताकि हम यह पहचान सकें कि कौन-सी कंपनियाँ हमें बहुत लाभदायक करियर वाली लॉटरी का टिकट दे सकती हैं। क्या संबंधित कंपनी स्थायी प्रतिस्पर्धी लाभ वाली इन विशेष कंपनियों में से एक है, यह तय करने के लिए हम तीन बहुत सरल आर्थिक परीक्षण करेंगे।

2

काम करने के लिए सर्वश्रेष्ठ कंपनी को पहचानने के तीन त्वरित परीक्षण

1. प्रति शेयर आय (ईपीएस) परीक्षण

अगर आपको किसी संभावित कंपनी के अर्थशास्त्र की जाँच करना हो, तो सबसे तीव्र तरीक़ा उसका ईपीएस यानी वार्षिक प्रति शेयर आय देखना है। अगर कंपनी स्टॉक मार्केट में सूचीबद्ध हो, तो यह बहुत आसान है, लेकिन अगर यह सूचीबद्ध नहीं है, तो इसमें मुश्किल आ सकती है।

ध्यान रहे, एक साल के ईपीएस के आँकड़े से आप किसी स्थायी प्रतिस्पर्धी लाभ वाली कंपनी को नहीं पहचान सकते, लेकिन दस साल का ईपीएस आपको काफ़ी स्पष्ट तसवीर दिखा देगा कि कंपनी के पक्ष में दीर्घकालीन प्रतिस्पर्धी लाभ काम कर रहा है या नहीं। वॉरेन दस साल तक के ईपीएस की तसवीर देखते हैं और वे चाहते हैं कि ईपीएस लगातार बढ़ता दिखे।

उन्हें इस तरह के आँकड़े पसंद आते हैं :

'08	$2.95
'07	$2.68
'06	$2.37
'05	$2.17
'04	$2.06
'03	$1.95
'02	$1.65
'01	$1.60
'00	$1.48
'99	$1.30

इससे वॉरेन समझ जाते हैं कि कंपनी की आय निरंतर है, जिसमें दीर्घकालीन ऊपर की ओर का रुझान दिख रहा है। यह इस बात का उत्कृष्ट संकेत है कि इस कंपनी के पक्ष में किसी तरह का दीर्घकालीन प्रतिस्पर्धी लाभ काम कर रहा है और संभवतः यह निवेश या काम करने के लिए बेहतरीन कंपनी रहेगी। निरंतर बढ़ता मुनाफ़ा आम तौर पर यह बताता है कि कंपनी ऐसे प्रॉडक्ट बेच रही है, जिनमें ज़्यादा महँगे परिवर्तनों की ज़रूरत नहीं है। मुनाफ़े में लगातार ऊपर के रुझान का अर्थ है कि कंपनी का अर्थशास्त्र इतना शक्तिशाली है कि यह विज्ञापन देकर अपना मार्केट शेयर बढ़ा सकती है या अपने व्यवसाय का विस्तार कर सकती है या फिर अपने शेयरों का बाईबैक करके प्रति शेयर आय या ईपीएस को बढ़ा सकती है।

जिन कंपनियों से वॉरेन दूर रहते हैं और जिनमें रोज़गार के अवसर भी संभवतः कमज़ोर रहते हैं, उनके वार्षिक ईपीएस की तसवीर उतार-चढ़ाव भरी होती है और कुछ इस तरह दिखती है :

'08 $2.50
'07 $(0.45) घाटा
'06 $3.89
'05 $(6.05) घाटा
'04 $6.39
'03 $5.03
'02 $3.35
'01 $(1.77) घाटा
'00 $(6.68) घाटा
'99 $8.53

यह नीचे की तरफ़ का रुझान दिखाता है, जिसमें घाटों की भरमार है। इससे वॉरेन समझ जाते हैं कि यह कंपनी किसी बेहद प्रतिस्पर्धी उद्योग में है, जिसमें उत्थान-और-पतन की प्रवृत्ति है। उछाल से माँग बढ़ती है, जिससे भाव बढ़ते हैं। माँग पूरी करने के लिए कंपनी उत्पादन बढ़ाती है, जिससे आपूर्ति बढ़ती है, जिससे लागत बढ़ती है और अंततः उद्योग में आपूर्ति ज़्यादा होने की वजह से भाव गिरने लगते हैं। जो कंपनी कभी मुनाफ़े में थी, अब घाटे में आ जाती है, जब तक कि यह उत्पादन और लागतों में कटौती नहीं करती। इस तरह की हज़ारों कंपनियाँ हैं और उनकी डावाँडोल आमदनी, जिससे उछाल के वर्षों में कंपनी के विजेता होने का भ्रम पैदा होता है, अंततः उन्हें पराजित कर देती है। सुपरस्टार मैनेजर की छवि बनाना मुश्किल है, जब हर कुछ साल बाद कंपनी का आंतरिक रूप से घटिया अर्थशास्त्र आपके परिणामों को ख़राब कर दे।

ऊपर के रुझान और निरंतर आमदनी वाली कंपनी में ही लाभदायक दीर्घकालीन रोज़गार और पुरस्कारदायक करियर की सर्वश्रेष्ठ संभावना होती है। दूसरी ओर, डावाँडोल आमदनी वाली कंपनी उछाल के वर्षों में तो तेज़ी से नियुक्ति करती है, लेकिन गिरावट के वर्षों में नौकरी से निकालने में भी

उतनी ही तेज़ी दिखाती है। उछाल और गिरावट के इस सिलसिले की वजह से उस कंपनी में नौकरी करना मुश्किल अनुभव होता है, क्योंकि इसकी आर्थिक तसवीर में कोई दीर्घकालीन स्थिरता या स्थायित्व नहीं है।

2. क़र्ज़ का परीक्षण

नौकरी करने के लिए बेहतरीन कंपनी का एक और संकेत यह है कि कंपनी पर दीर्घकालीन क़र्ज़ नहीं है या बहुत कम है। जो कंपनियाँ बहुत सारे पैसे कमाती हैं, वे अपने ऊपर भारी क़र्ज़ का बोझ नहीं लादती हैं, क्योंकि तगड़े मुनाफ़े की वजह से उनके पास कभी पैसों की कमी नहीं रहती। यही कंपनियाँ दीर्घकालीन अच्छी नियोक्ता होती हैं, क्योंकि उनके पास अच्छा वेतन देने के लिए नक़दी होती है और मंदी का सफलतापूर्वक सामना करने की वित्तीय शक्ति भी होती है।

कम या शून्य क़र्ज़ वाली कंपनियाँ आसानी से दिख जाती हैं। इसके लिए तो आपको किसी ख़ास कंपनी के उद्योग की तुलना में उसके क़र्ज़ को देखना है। सामान्य नियम यह है कि शुद्ध मुनाफ़े से पाँच गुने से ज़्यादा क़र्ज़ इस बात का काफ़ी अच्छा संकेत है कि कंपनी के पास स्थायी प्रतिस्पर्धी लाभ नहीं है।

क़र्ज़ का ऊँचा स्तर हमें बताता है कि : (1) कंपनी उच्च प्रतिस्पर्धा वाले उद्योग में है, जहाँ निरंतर परिवर्तन की वजह से ज़्यादा पूँजी की ज़रूरत होती है, या (2) कंपनी ने बहुत ज़्यादा लीवरेजिंग कर ली है। हमारे लिए इसका मतलब यह है कि अगर हम ऐसी किसी कंपनी में नौकरी करने जाते हैं, तो क़र्ज़ पर ब्याज देने में ही सारा मुनाफ़ा चला जाएगा और वेतनवृद्धि या बोनस के लिए मुनाफ़ा बचेगा ही नहीं। इसका मतलब यह भी है कि कंपनी के पास अपना कारोबार बढ़ाने या नई कंपनियाँ ख़रीदने के लिए बहुत कम अतिरिक्त पूँजी होगी, जिसका यह मतलब होगा कि मैनेजर बनने के अवसर भी कम हैं। और अगर अर्थव्यवस्था मंदी में चली गई, तो यही कंपनियाँ सबसे पहले अपने कर्मचारियों को निकालेंगी, ताकि वे लागत कम करके दिवालिया होने से बच सकें। इस तरह की कंपनी में आपको अपने करियर को दाँव पर नहीं लगाना चाहिए।

3. ग्रॉस मार्जिन का परीक्षण

किसी कंपनी के पास स्थायी प्रतिस्पर्धी लाभ है या नहीं, यह समझने का एक और तरीक़ा है, ताकि आप नौकरी करने के लिए आदर्श कंपनी खोज सकें। कंपनी के ग्रॉस प्रॉफ़िट मार्जिन को देखें। कंपनी का ग्रॉस प्रॉफ़िट मार्जिन मालूम करने के लिए हमें कंपनी का इनकम स्टेटमेंट देखना होगा - जो एक निश्चित अवधि की वित्तीय रिपोर्ट होती है, जो यह दिखाती है कि कंपनी को कितना मुनाफ़ा या घाटा हुआ।

कंपनी की आय में से बिकी हुई वस्तुओं की लागत घटाने पर कंपनी का ग्रॉस प्रॉफ़िट निकल आता है। अब अगर हम कंपनी के ग्रॉस प्रॉफ़िट में इसकी आमदनी का भाग दे दें, तो हमें कंपनी का ग्रॉस प्रॉफ़िट मार्जिन पता चल जाएगा। आइए इसे ज़्यादा विस्तार से देखते हैं :

इनकम स्टेटमेंट	
आमदनी	10,000 डॉलर
बिकी वस्तुओं की लागत	-6,000 डॉलर
ग्रॉस प्रॉफ़िट	4,000 डॉलर

कंपनी की कुल आमदनी में से बिकी वस्तुओं की लागत घटाने पर कंपनी का ग्रॉस प्रॉफ़िट निकल आएगा। उदाहरण के लिए, कुल आमदनी है 10,000 डॉलर और बिकी वस्तुओं की लागत है 6,000 डॉलर, यानी ग्रॉस प्रॉफ़िट हुआ 4,000 डॉलर। ग्रॉस प्रॉफ़िट मार्जिन निकालने के लिए हमें 4,000 डॉलर के ग्रॉस प्रॉफ़िट में 10,000 डॉलर का भाग देना होगा। यानी 4,000 डॉलर / आमदनी 10,000 डॉलर = ग्रॉस प्रॉफ़िट मार्जिन = 40 प्रतिशत।

वॉरेन उन कंपनियों की तलाश करते हैं, जिनमें किसी तरह का स्थायी प्रतिस्पर्धी लाभ हो - ऐसी कंपनियाँ, जिनसे वे लंबे समय में मुनाफ़ा कमा सकें। ज़ाहिर है, ये कंपनियाँ नौकरी के लिए भी आदर्श होती हैं। उन्होंने पाया है कि जिन कंपनियों के पक्ष में उत्कृष्ट दीर्घकालीन अर्थशास्त्र काम कर रहा है, उनका ग्रॉस प्रॉफ़िट बाक़ी कंपनियों की तुलना में लगातार ज़्यादा ऊँचा रहता है। आइए हम दिखाते हैं कैसे :

जिन कंपनियों को वॉरेन ने पहले से पहचान लिया है, उनका ग्रॉस प्रॉफ़िट मार्जिन ऊँचा है, क्योंकि उनमें स्थायी प्रतिस्पर्धी लाभ है : कोका-कोला का ग्रॉस प्रॉफ़िट मार्जिन लगातार 60 प्रतिशत या अधिक रहता है। बॉन्ड रेटिंग कंपनी मूडीज़ का ग्रॉस प्रॉफ़िट मार्जिन 73 प्रतिशत है। बर्लिंगटन नॉर्दर्न रेलरोड का 61 प्रतिशत है और रिगली ग़म का 51 प्रतिशत।

इन उत्कृष्ट कंपनियों की तुलना उन कंपनियों से करें, जिनका दीर्घकालीन अर्थशास्त्र ख़राब होता है, जैसे दिवालियेपन में आने-जाने वाली युनाइटेड एयरलाइंस, जिसका ग्रॉस प्रॉफ़िट मार्जिन 14 प्रतिशत है। मुश्किल में फँसी ऑटोमेकर जनरल मोटर्स का ग्रॉस प्रॉफ़िट मार्जिन 21 प्रतिशत है। कभी मुश्किल में लेकिन इस वक़्त मुनाफ़े वाली कंपनी यू.एस. स्टील का ग्रॉस प्रॉफ़िट मार्जिन भी सिर्फ़ 17 प्रतिशत है और गुडइयर टायर - जो बुरी अर्थव्यवस्था के अलावा किसी भी मार्ग पर चल सकता है - 20 प्रतिशत पर अटका है, जो बहुत प्रभावी नहीं है।

टेक कंपनियों से वॉरेन इसलिए दूर रहते हैं, क्योंकि वे इन्हें नहीं समझते हैं। लेकिन इन कंपनियों पर निगाह डालने से हमें यह पता चल जाता है कि माइक्रोसॉफ़्ट का ग्रॉस प्रॉफ़िट मार्जिन लगातार 79 प्रतिशत के आस-पास है, जबकि एपल का सिर्फ़ 33 प्रतिशत है। ये आँकड़े बताते हैं कि ऑपरेटिंग सिस्टम और सॉफ़्टवेयर बेचने में माइक्रोसॉफ़्ट का अर्थशास्त्र एपल से बेहतर है, जो हार्डवेयर और सेवाएँ बेचती है।

कंपनी का स्थायी प्रतिस्पर्धी लाभ ही ऊँचे ग्रॉस प्रॉफ़िट मार्जिन को उत्पन्न करता है। इससे कंपनी अपने प्रॉडक्ट्स और सेवाओं के भाव लागत से बहुत ज़्यादा रख सकती हैं। प्रतिस्पर्धी लाभ नहीं होने की स्थिति में कंपनियाँ अपने प्रॉडक्ट या सेवा का भाव घटाकर ही प्रतिस्पर्धा कर सकती हैं, जिससे उनके प्रॉफ़िट मार्जिन और मुनाफ़े कम हो जाते हैं। इससे वेतन बढ़ाने और बड़े बोनस देने की उनकी क्षमता भी कम हो जाती है। इससे नए व्यवसायों पर पूँजी ख़र्च करने और मंदी से बचने की उनकी क्षमता भी कम हो जाती है।

संक्षेप में

संबंधित कंपनी के पास स्थायी प्रतिस्पर्धी लाभ है या नहीं, यह तय करने के लिए हम कई अन्य परीक्षण भी कर सकते हैं, जिन्हें हमने अपनी पुस्तक *वॉरेन बफ़ेट ऐंड द इंटरप्रीटेशन ऑफ़ फ़ाइनैंशियल स्टेटमेंट्स* में विस्तार से बताया है। लेकिन इस अध्याय में जो संक्षिप्त परीक्षण बताए गए हैं, वे हमारे आकलन में बहुत उपयोगी होंगे कि इस कंपनी में हम सफल और बहुत पुरस्कारदायक करियर के मार्ग पर चलेंगे या यह सिर्फ़ एक औसत कंपनी है, जहाँ हमें कम वेतन, कम अवसर और नौकरी की कम सुरक्षा मिलेगी।

बेहतरीन कंपनी समय के साथ औसत कंपनी बन सकती है - यह अख़बार उद्योग में हो चुका है - लेकिन यह बहुत दुर्लभ होता है कि कोई औसत कंपनी बेहतरीन कंपनी बन जाए। इसलिए अगर आप किसी कमज़ोर आंतरिक अर्थशास्त्र वाली कंपनी में नौकरी कर रहे हों, तो ज़्यादा अच्छा यही रहेगा कि आप इसी समय बाहर निकल आएँ। वहाँ रुके रहकर साल दर साल परिस्थितियों के बदलने का इंतज़ार नहीं करें।

दूसरा क़दम

काम सौंपें

जब बर्कशायर का आकार बढ़ा और इसके पास ज़्यादा क़िस्म के व्यवसाय आ गए, तो वॉरेन समझ गए कि अधिकार सौंपना ना सिर्फ़ एक ज़रूरत थी, बल्कि इससे यह भी सुनिश्चित होगा कि उनकी कंपनियाँ अच्छी तरह चलें और मैनेजर उन्हें ख़ुशी-ख़ुशी चलाएँ। अगर वॉरेन में कोई सबसे ज़्यादा अनूठी प्रबंधन योग्यता है, तो यह अधिकार सौंपना है। वे अपने मैनेजरों को इतने ज़्यादा अधिकार सौंपने के लिए तैयार रहते हैं, जितने ज़्यादातर सीईओ नहीं सौंपना चाहते। आइए अधिकार सौंपने के मामले में वॉरेन के दर्शन को टटोलते हैं और देखते हैं कि इसने बर्कशायर को एक छोटी क्षेत्रीय टैक्सटाइल उत्पादक से दैत्याकार मल्टीनैशनल कॉरपोरेशन बनने में किस तरह मदद की।

3

अधिकार सौंपने के नियम

"हम लगभग अंतिम सीमा तक अधिकार सौंपते हैं।"

—वॉरेन बफ़ेट

वॉरेन यह बात अच्छी तरह समझते हैं कि किसी कंपनी को चलाने और बढ़ाने के लिए इंसान को अधिकार सौंपने की कला सीखनी चाहिए। स्वाभाविक प्रवृत्ति यह रहती है कि हम हर घटना और हर शामिल व्यक्ति को नियंत्रित करें; हम कामकाज, उद्यम और व्यवसाय का सूक्ष्म प्रबंधन करें। लेकिन जब बहुत ज़्यादा कामों या व्यवसायों का सूक्ष्म प्रबंधन किया जाता है, तो इस वजह से हवा में एक साथ बहुत सारी गेंदें हो जाती हैं और अगर एक गिरती है, तो वे सब गिर जाती हैं। सूक्ष्म प्रबंधन उपेक्षा की ओर ले जाता है, जबकि एक ही काम पर केंद्रित सक्षम मैनेजर को अधिकार सौंपना फ़ायदे का सौदा होता है, क्योंकि उसे काम की ज़्यादा अच्छी समझ होगी और वह ज़्यादा सावधानी से क्रियान्वयन कर पाएगा। वॉरेन 88 से ज़्यादा अलग-अलग व्यवसायों के मालिक हैं और उन्होंने इन कंपनियों का प्रबंधन 88 बहुत सक्षम सीईओ मैनेजर्स को सौंप रखा है। जॉन्स मैनविल, बेंजामिन मूर, फ्रूट ऑफ़ द लूम, क्लेटन होम्स और जॉडर्न्स फ़र्नीचर जैसी बर्कशायर कंपनियों को ऐसे सीईओ चलाते हैं, जिनका उनके व्यवसाय पर पूरा नियंत्रण है। जब बर्कशायर ने फ़ॉरेस्ट रिवर को ख़रीदा, तो वॉरेन ने इसके संस्थापक और सीईओ पीटर लाइग्ल से कहा कि वे यह उम्मीद नहीं करें कि वॉरेन उनसे साल में एक बार से ज़्यादा बात करेंगे। वॉरेन तो बर्कशायर की कंपनियों के सीईओ से

यहाँ तक कह देते हैं कि वे उन्हें कोई ख़ास चीज़ लिखकर नहीं भेजें। जब मैक्लेन कंपनी के सीईओ ग्रेडी रोज़ियर ने उनसे फ़ोन पर दो नए कंपनी जेट ख़रीदने की अनुमति माँगी, तो वॉरेन ने जवाब दिया, "यह आपका निर्णय है। यह आपकी कंपनी है, जिसे आपको चलाना है।"

वॉरेन महसूस करते हैं कि यह सोचना मूर्खता है कि वे अकेले इन सारी कंपनियों का कुशल प्रबंधन कर सकते हैं। काम को सक्षमता से करने के लिए वॉरेन ना सिर्फ़ एक काम सौंपते हैं, बल्कि वे पूरा ही काम सौंप देते हैं। जैसा वे कहते हैं, वे लगभग अंतिम सीमा तक अधिकार सौंपते हैं।

सफलतापूर्वक अधिकार या काम सौंपने में मदद करने के लिए वॉरेन ने कुछ नियम बनाए हैं :

नियम 1

हर व्यवसाय या कंपनी की संस्कृति अनूठी होती है। छोटी कंपनी से लेकर बड़े कॉरपोरेशन तक कर्मचारियों और मैनेजरों के बहुत विशेषज्ञतापूर्ण योग्यता समूह होते हैं, जिनसे वे कुशलता से काम कर पाते हैं। मैनेजर के रूप में वॉरेन ने सीखा है कि वे इन बेहद विशेषज्ञतापूर्ण योग्यता समूहों का काम उनके जितनी अच्छी तरह क़तई नहीं कर सकते। वे महसूस करते हैं कि उनके कर्मचारी विशेषज्ञ हैं और उन्हें वॉरेन के हस्तक्षेप के बिना वह काम करने की पूरी स्वतंत्रता होनी चाहिए, जिसे करने में वे अच्छे हैं। वे यह भी महसूस करते हैं कि अगर मैनेजर के रूप में उनका कोई काम है, तो यह कर्मचारियों को उनके कामों में बेहतरीन बनने के लिए प्रेरित करना है। यानी वे खुद को गुलामों के मालिक के रूप में नहीं, बल्कि चियरलीडर के रूप में देखते हैं।

नियम 2

वॉरेन ने खोजा है कि सक्षम मैनेजर चाहते हैं कि उन्हें उनके मनचाहे तरीक़े से "उनके" व्यवसाय चलाने के लिए अकेला छोड़ दिया जाए। वॉरेन अपने मैनेजरों को प्रोत्साहित करते हैं कि वे उनके व्यवसायों को अपना खुद का

व्यवसाय मानें। इस नीति का परिणाम यह होता है कि उनके मैनेजर ज़्यादा कड़ी मेहनत करते हैं और व्यक्ति के उत्कृष्ट प्रदर्शन को सुनिश्चित करते हैं। उनके लिए यह गर्व का मामला होता है।

नियम 3

वॉरेन को इस बात का अहसास है कि पूरे अधिकार सौंपने के लिए सिर्फ़ यही ज़रूरी नहीं है कि मैनेजर मेहनती हों, जोशीले हों और अपने व्यवसाय के बारे में बुद्धिमान हों। उनके पास ईमानदारी भी होनी चाहिए। दूसरे शब्दों में, वे सौ प्रतिशत ईमानदार होने चाहिए। अगर वे ईमानदार नहीं हैं, तो वे हमारी आँखों में धूल झोंक सकते हैं और अपने मेहनती, जोशीले और बुद्धिमत्तापूर्ण तरीक़ों का इस्तेमाल करके हमें लूट सकते हैं।

संक्षेप में

वॉरेन के अधिकार या काम सौंपने के नियम काफ़ी आसान हैं : हर व्यवसाय या कंपनी अनूठी होती है। आपके कर्मचारी उनके काम में आपसे बेहतर होते हैं। अगर हम चाहते हैं कि कंपनी फले-फूले, तो हमें अधिकार सौंपने ही पड़ेंगे। मैनेजर चाहते हैं कि उन्हें "उनके व्यवसाय" चलाने के लिए अकेला छोड़ दिया जाए। और जिन मैनेजरों को हम नियुक्त करते हैं, उन्हें मेहनती, बुद्धिमान और सबसे अहम बात ईमानदार होने की ज़रूरत है। या जैसा स्वर्गीय बर्कशायर मैनेजर मिसेज़ बी ने फ़र्नीचर व्यवसाय में अपनी सफलता का रहस्य बताया था - "सस्ता बेचो और सच्चाई बता दो।"

तीसरा क़दम

काम के लिए सही मैनेजर खोजें

एक बार जब सही व्यवसाय मिल जाए या उसका अधिग्रहण कर लिया जाए और अधिकार सौंपने की आवश्यकता को समझ लिया जाए, तो अगला काम यह है कि उस काम के लिए सही मैनेजर नियुक्त करें। वॉरेन के लिए सही मैनेजर की विशेषताएँ वही हैं, जो हमें स्वयं में विकसित करनी चाहिए। आइए उन विशेषताओं पर एक नज़र डालते हैं।

4

वॉरेन सही मैनेजर की खोज कहाँ शुरू करते हैं

"वैवाहिक परिवर्तनों की तरह ही प्रबंधन के परिवर्तन भी दर्दनाक, समयखाऊ और क़िस्मत के भरोसे होते हैं।"

— वॉरेन बफ़ेट

यह सबक़ वॉरेन ने मुश्किल तरीक़े से सीखा था - ख़राब तरीक़े से चल रही कंपनियों को बहुत सस्ते भाव पर ख़रीदकर। डेम्प्स्टर मिल्स मैन्युफ़ैक्चरिंग में उनके शुरुआती निवेश पर हम बस एक मिनट बाद चर्चा करेंगे। यह एक आदर्श उदाहरण है, जिसमें उन्हें कई बार मैनेजर बदलने के बाद ही सही मैनेजर मिला। क्या यह दर्दनाक था? हाँ। क्या यह समयखाऊ था? हाँ। क्या यह महँगा था? बहुत। क्या यह ज़रूरी था? निश्चित रूप से।

मैनेजमेंट में परिवर्तन करने की कुंजी यह प्रश्न पूछना है : क्या यह निहायत ज़रूरी है? अगर जवाब नहीं है, तो हम किसी नए व्यक्ति को मैनेजर बनाकर वित्तीय बरबादी का जोखिम ले रहे हैं। लेकिन अगर कंपनी को घाटा हो रहा है और हमारे हिसाब से यह घाटा कंपनी के अंतर्निहित अर्थशास्त्र के कारण नहीं, बल्कि मैनेजर के कारण हो रहा है, तो मैनेजर को बदलने में देर नहीं करें।

वॉरेन प्रबंधन में परिवर्तन करने से बचते हैं। जब वे निवेश बैंकरों के ज़रिये या बर्कशायर के शेयरधारकों को उनके वार्षिक पत्र के रूप में ख़रीदने

के लिए नई कंपनियों का विज्ञापन देते हैं, तो वे इस बात पर ज़ोर देते हैं कि केवल वही कंपनियाँ मिलें, जहाँ सक्षम प्रबंधन हो।

वॉरेन ने इसे अनिवार्य बना दिया है कि उनके स्वामित्व की हर कंपनी का मुख्य मैनेजर उन्हें एक पत्र लिखकर बताए कि अगर उसकी कल ही मृत्यु हो जाए, तो कंपनी में उसका वारिस कौन होगा। इन पत्रों को हर साल अपडेट किया जाता है। इस तरह अगर उनके किसी मैनेजर को कुछ हो जाता है, तो उसका स्थानापन्न खोजने में समय बरबाद नहीं होता। वॉरेन को एक मैनेजर मिल जाता है, जो पहले से ही व्यवसाय से परिचित है और जिसे उस व्यक्ति ने खुद चुना था, जो कंपनी को - इसके कर्मचारियों, प्रॉडक्ट्स और ग्राहकों को - सबसे अच्छी तरह समझता था।

अगर वॉरेन को कंपनी के बाहर मैनेजर की तलाश करनी पड़े, तो वे आम तौर पर उन लोगों के पास जाते हैं, जिनके साथ वे पहले भी काम कर चुके हैं और जिनका आज़माया हुआ ट्रैक रिकॉर्ड है। या वे अपने व्यावसायिक सहयोगियों से सलाह लेते हैं। यह हमें डेम्प्स्टर मिल्स मैन्युफ़ैक्चरिंग की संक्षिप्त, लेकिन उल्लेखनीय कहानी की ओर ले जाता है और उल्लेखनीय हैरी बॉटल की ओर भी।

डेम्प्स्टर मिल्स मैन्युफ़ैक्चरिंग नेब्रास्का में एक पनचक्की और जल सिंचाई कंपनी थी, जिसे वॉरेन ने इसलिए ख़रीदा था, क्योंकि इसका शेयर इसकी बुक वैल्यू के चौथाई भाव पर चल रहा था। जब उनके पास कंपनी के शेयर आ गए और वे इसके संचालक मंडल में पहुँच गए, तो उन्हें अहसास हुआ कि कंपनी का प्रदर्शन ज़्यादा अच्छा इसलिए नहीं था, क्योंकि इसका प्रबंधन ख़राब था। इसलिए उन्होंने संचालक मंडल के सदस्यों को एक नया मैनेजर लाने के लिए राज़ी किया - जिसे उन सदस्यों ने खुद चुना था। नया मैनेजर पिछले वाले मैनेजर से भी बदतर साबित हुआ। हताशा में वॉरेन अपने मित्र और सलाहकार चार्ली मंगर के पास गए। उन्होंने पूछा कि क्या चार्ली किसी सुयोग्य मैनेजर को जानते हैं, जो कंपनी को बचा सकता है। चार्ली ने एक व्यक्ति के नाम का सुझाव दिया, जिसे बाद में वॉरेन ने "उल्लेखनीय हैरी बॉटल" कहा। हैरी टर्नअराउंड के जीनियस थे यानी वे असफल होते व्यवसायों को सही करने में उल्लेखनीय रूप से निपुण थे। वॉरेन के आमंत्रण और 50,000 डॉलर के शुरुआती बोनस के बाद हैरी गर्म और धूप भरे कैलिफ़ोर्निया को छोड़कर बहुत ठंडे नेब्रास्का में आ गए और

डेम्प्स्टर के नए सीईओ बन गए। हैरी ने आते ही सबसे पहले स्पेयर और रिप्लेसमेंट पाट्र्स की इनवेंट्री के भाव दोबारा तय किए। डेम्प्स्टर के प्रॉडक्ट्स को लगातार रखरखाव की ज़रूरत पड़ती थी, जिसका मतलब था कि कंपनी का रिप्लेसमेंट पाट्र्स का धंधा बहुत अच्छा चलता था। डेम्प्स्टर जिन पाट्र्स का इस्तेमाल करती थी, उनमें से कुछ हर हार्डवेयर स्टोर में मिल जाते थे, लेकिन डेम्प्स्टर के कुछ पाट्र्स अनूठे थे, जिन्हें किसी दूसरी जगह नहीं ख़रीदा जा सकता था। हैरी को यह ग़लती पता चली कि डेम्प्स्टर अपने सभी पुर्ज़ों को, चाहे वे सामान्य हों या अनूठे, सामान्य 40 प्रतिशत मुनाफ़े पर बेच रही थी। हैरी ने डेम्प्स्टर के एकाधिकार वाले अनूठे पाट्र्स के भाव तीन गुने कर दिए और सामान्य पाट्र्स की इनवेंट्री कम कर दी, जिससे आमदनी बढ़ी और पूँजी भी उपलब्ध हो गई। साल के अंत तक डेम्प्स्टर दोबारा मुनाफ़े में आ गई और वॉरेन के विजेता निवेशों में से एक बनने की राह पर चलने लगी।

बीस साल बाद वॉरेन को बर्कशायर हैथअवे के सामने एक अन्य छोटे उत्पादन व्यवसाय में नया मैनेजर नियुक्त करने की समस्या आई और अंदाज़ा लगाएँ कि उन्होंने किसे आमंत्रित किया? ज़ाहिर है, उल्लेखनीय हैरी बॉटल को।

यहाँ सबक़ यह है : ज़रूरत होने पर ही मैनेजर बदलें। संभव हो, तो भीतर से ही प्रमोशन दें और अगर आप ऐसा नहीं कर सकते, तो ऐसी योग्यता की तलाश करें, जिसका आज़माया हुआ ट्रैक रिकॉर्ड हो! जब किसी चीज़ से काम नहीं बने, तो उल्लेखनीय हैरी बॉटल को बुला लें।

5

विजेता या शिकार? समूह में से लीडर चुनने का वॉरेन का रहस्य

"क्या आप संसार के सबसे अच्छे प्रेमी बनना चाहेंगे, जबकि हर कोई आपको संसार का सबसे बुरा प्रेमी समझे? या फिर आप संसार के सबसे बुरे प्रेमी बनना चाहेंगे, जबकि हर कोई आपको संसार का सबसे अच्छा प्रेमी समझे?"

— वॉरेन बफ़ेट

वॉरेन बफ़ेट की अवधारणा है कि सभी लोगों के पास अंदरूनी या बाहरी स्कोरकार्ड होता है : या तो हम अपने खुद के प्रति सच्चे होते हैं या फिर हम संसार के मनचाहे साँचे के अनुरूप बन जाते हैं, जैसा हम सोचते हैं कि संसार हमें बनाना चाहता है। सच्चा लीडर अपनी अंतरात्मा की आवाज़ का अनुसरण करता है, जबकि अफ़सरशाह दूसरों की इच्छाओं के सामने झुक जाता है।

जब लोकप्रिय राय की हवाएँ आपके ख़िलाफ़ बह रही हों, तो अकेले खड़े रहना मुश्किल होता है। वॉरेन की इसी योग्यता की बदौलत आज वे इतने अमीर हैं। वे शेयर तब ख़रीदते हैं, जब बाक़ी हर व्यक्ति ख़रीदने से डरता है। और वे तब बेचते हैं, जब बाक़ी हर व्यक्ति शेयर बाज़ार के बारे में उत्साही होता है। उन्होंने झुंड के ख़िलाफ़ जाने में अपना पूरा जीवन

लगा दिया है। वॉरेन बफ़ेट जैसे स्वतंत्र चिंतक कभी शिकार नहीं बनते हैं। वे अपनी तक़दीर के स्वामी होते हैं।

विजेता और शिकार मानसिकता के फ़र्क़ को बताते वक़्त मनोवैज्ञानिक नियंत्रण के केंद्र की बात करते हैं। अगर आपमें नियंत्रण का आंतरिक केंद्र होता है, तो आप किसी चीज़ के ग़लत होने पर खुद को दोष देते हैं। तब आपको यह विश्वास होता है कि आप अपनी तक़दीर के स्वामी हैं, इसलिए आप परिणाम को नियंत्रित कर सकते हैं और अगर आप असफल हुए हैं, तो किसी दूसरे के नहीं, बल्कि अपने खुद के कामों की वजह से हुए हैं। लेकिन अगर आपमें नियंत्रण का बाहरी केंद्र होता है, तो आप किसी चीज़ के ग़लत होने पर खुद को छोड़कर बाक़ी सभी को दोष देते हैं।

युवावस्था में वॉरेन अपने पिता हॉवर्ड से बहुत ज़्यादा प्रभावित थे, जिनमें नियंत्रण का प्रबल आंतरिक केंद्र था। महामंदी में हॉवर्ड ने एक सफल नया व्यवसाय शुरू किया। जब वे सरकार के कामों से असहमत हुए, तो उन्होंने संसद का चुनाव लड़ा और जीत गए। इससे वॉरेन ने यह सीखा कि उनके जीवन के नियंत्रण की बागडोर संसार के नहीं, बल्कि उनके हाथों में है, इसलिए उनका जीवन कैसा बने, यह संसार नहीं, बल्कि वे खुद तय करेंगे।

नियंत्रण का आंतरिक केंद्र रखना हमेशा आसान नहीं होता : जब आप जीतते हैं, तो इसका श्रेय आपको जाता है, लेकिन जब आप हारते हैं, तो इसका दोष भी आपको ही जाता है। कोई बलि का बकरा नहीं होता और दोष देने के लिए खुद के सिवा कोई दूसरा नहीं होता, जो बहुत निराशाजनक हो सकता है। दो आयरिश बैंकों में वॉरेन के असफल निवेश और कोनोकोफ़िलिप्स का ज़रूरत से ज़्यादा ऊँचा भाव चुकाना उनकी असफलताएँ हैं और सिर्फ़ उन्हीं की हैं और उन्होंने उनसे सीखा, लेकिन वे इस बात का ख़ास ध्यान रखते हैं कि अपनी असफलताओं पर ज़्यादा समय तक ध्यान केंद्रित नहीं करें। चूँकि वे उन पर ध्यान केंद्रित नहीं करते हैं, इसलिए वे असफलता के पंगु बनाने वाले परिणामों से बच जाते हैं, जो नियंत्रण के आंतरिक केंद्र वाले व्यक्ति को मिल सकते हैं।

यहाँ पर यह बेहतरीन सबक़ छिपा है : नियंत्रण के आंतरिक केंद्र वाले लोग अपनी असफलताओं की ज़िम्मेदारी लेते हैं और इस प्रक्रिया में अपनी ग़लतियों से सीखते हैं। वे उनके नियंत्रण में होते हैं; वे उनके संसार के नियंत्रण में होते हैं। वे समस्याओं को चुनौतियों के रूप में देखते हैं,

जिन्हें जीता जा सकता है। (बिल गेट्स के बारे में सोचें।) नियंत्रण के बाहरी केंद्र वाले लोगों को यह विश्वास नहीं होता कि उनमें उनकी समस्याओं को सुलझाने की शक्ति है। इसके बजाय वे खुद को उन परिस्थितियों का शिकार मानते हैं, जो उनके नियंत्रण के परे हैं। (वॉल स्ट्रीट के बारे में सोचें।)

आपके विचार से कौन-सा दृष्टिकोण अमीरी और महानता की ओर ले जाएगा। किस प्रकार के व्यक्ति में इतनी शक्ति होगी कि वह मुश्किल समय में किसी कंपनी या देश का नेतृत्व करे? हम विजेता हैं या फिर हम शिकार हैं? विजेता बेहतरीन मैनेजर और लीडर इसलिए बनते हैं, क्योंकि वे ज़िम्मेदारी ले सकते हैं और समस्याएँ सुलझा सकते हैं। दूसरी ओर, शिकार बहाने बनाने और संसार को दोष देने में जुटे रहते हैं, इसलिए वे चुनौतियों का सामना करने का विकल्प नहीं चुनते और समस्याओं को नहीं सुलझा पाते।

6

वही काम करें, जिससे आप प्रेम करते हैं

“एक समय आता है, जब आपको वह काम शुरू कर देना चाहिए, जो आप करना चाहते हैं। ऐसी नौकरी करें, जिसे आप प्रेम करते हैं। तब आप सुबह बिस्तर से उछलकर उठेंगे। मेरे हिसाब से आपका दिमाग़ चल गया है, अगर आप ऐसी नौकरियाँ करते रहते हैं, जो आपको पसंद नहीं हैं, क्योंकि आप सोचते हैं कि यह आपके रिज़्यूम में अच्छा दिखेगा। क्या यह कुछ हद तक सेक्स को बुढ़ापे के लिए बचाकर रखने जैसा नहीं है?”

— वॉरेन बफ़ेट

दौलत की तलाश में हम अक्सर ऐसी नौकरियों और पेशों में पहुँच जाते हैं, जिन्हें हम पसंद नहीं करते, लेकिन इसके बावजूद हम उन्हें हर दिन करते जाते हैं और हर साल वहीं अटके रहते हैं, जब तक कि हमारा समय ख़त्म नहीं हो जाता। हम खुद को इस मुग़ालते में रखते हैं कि एक दिन ऐसा आएगा, जब हम आख़िरकार वह करेंगे, जो करने के हम सपने देखते हैं। इस दौरान हम दुख भरा जीवन जीते हैं, जिसे हम हर दिन अपने प्रियजनों के साथ बाँटने के लिए घर ले आते हैं। पैसों के बदले इस तरह का कष्ट आम तौर पर जीवन में जल्दी ही शुरू हो जाता है और अक्सर

आवश्यकता पर निर्भर होता है। लेकिन कई बार इसकी बुनियाद लोभ पर टिकी होती है। वॉरेन का मानना है कि हम जिस काम से प्रेम करते हैं, लोभ की वजह से उसे नहीं करना हमारे जीवन का बहुत ख़राब प्रबंधन है। इससे काम चाकरी बन जाता है, जो हमें नीचे घसीटता है और हमारे उत्साह को नष्ट कर देता है। यह भी हो सकता है कि हम बहुत-सा पैसा कमा लें, लेकिन नौकरी में हम जो नौ घंटे से ज़्यादा समय बिताते हैं, उस दौरान हम दुखी रहते हैं।

व्यवसाय के संसार में सबसे सफल लोग वही हैं, जो वही काम कर रहे हैं, जिससे वे प्रेम करते हैं। पैसा उन्हें नहीं चलाता है। उन्हें तो वही चीज़ चलाती है, जो एक महान फुटबॉल खिलाड़ी या महान संगीतकार को चलाती है : अपने काम से प्रेम। चाहे यह कंप्यूटर प्रोग्रामर हो, सेल्समैन हो, कारपेंटर हो, नर्स हो, कसाई हो, शेफ़ हो, पुलिसकर्मी हो, डॉक्टर हो या वकील हो, वही लोग शिखर तक ऊपर उठते हैं, जो अपने काम से प्रेम करते हैं। और वे आम तौर पर ऐसे लोग होते हैं, जो अपने पेशे में सबसे ज़्यादा पैसे कमाते हैं। अपने काम से प्रेम करने और अच्छे पैसे कमाने में लगभग हमेशा चोली-दामन का साथ होता है।

वॉरेन का मानना है कि अपने कर्मचारियों को चुनते समय हमें ऐसे लोग ढूँढ़ने चाहिए, जो उस काम से प्रेम करते हों, जिसे करने के लिए हमने उन्हें नियुक्त किया है। ऐसे लोग, जो अपने काम में गर्व महसूस करें, अपने साथी कर्मचारियों को महान बनने के लिए प्रेरित करें और व्यवसाय के पीछे की संचालक शक्ति बन जाएँ। ऐसे ही लोगों ने वॉरेन को जीनियस जैसा दिखने में मदद की है।

हमारे जीवन के प्रबंधन में नियम यह है : आप जो काम करते हैं, उससे प्रेम करें।

हमारे व्यवसाय के प्रबंधन में नियम यह है : ऐसे कर्मचारियों को नियुक्त करें, जो उस काम से प्रेम करते हैं, जिसे वे करते हैं।

दोनों ही आपको सोने की खान की ओर ले जाएँगे।

7

विजेता सेल्स टीम को इकट्ठा करना

"मैं टेबल पर ग्राहक की विपरीत दिशा में नहीं जाना चाहता। मैं कोई ऐसी चीज़ नहीं बेच रहा था, जिसमें मैं खुद विश्वास नहीं करता था या जिसका इस्तेमाल मैं खुद नहीं करता था।"

— वॉरेन बफ़ेट

वॉरेन ने जल्दी ही सीख लिया था कि सर्वश्रेष्ठ सेल्सपीपल वे होते हैं, जिन्हें अपने प्रॉडक्ट्स पर विश्वास होता है और जो बेचे जाने वाले प्रॉडक्ट्स के बारे में जोशीले होते हैं।

अगर कोई अपने द्वारा बेचे जाने वाले प्रॉडक्ट्स में विश्वास करता है और वह उनके प्रति जोशीला है, तो आप शर्त लगा सकते हैं कि उसकी उस प्रॉडक्ट संबंधी हर चीज़ में बहुत रुचि होगी, जैसे यह कि वह किस सामग्री से बनता है या उसे कैसे बनाया जाता है या उसके सर्वश्रेष्ठ उपयोग क्या हैं। इससे भी ज़्यादा महत्त्वपूर्ण, यह सेल्सपर्सन उस प्रॉडक्ट के सर्वश्रेष्ठ उपयोगों को जान जाएगा। ऐसा ज्ञान हर ग्राहक को प्रभावित करता है।

इसी गुण की तलाश वॉरेन अपने मैनेजरों में करते हैं - ऐसे लोग, जो उनके प्रॉडक्ट्स और व्यवसायों में इतना ज़्यादा विश्वास करते हों कि वे ऑफ़िस आने से प्रेम करते हों। वे ऐसे मैनेजरों को नियुक्त नहीं करना

चाहते, जिनकी रुचि सिर्फ़ पैसे बनाने में हो और असली रुचि किसी दूसरी जगह हो। वॉरेन के कई शीर्ष मैनेजरों ने अपने कामकाजी जीवन का बहुत ज़्यादा समय उसी कंपनी में बिताया है और वे मिलियनेअर बनने के बाद भी वहीं काम करते रहते हैं। *बफ़ैलो न्यूज़* के प्रकाशक स्टैन लिपसी तीस साल से ज़्यादा समय तक कंपनी में रहे हैं। सीईओ इर्व ब्लमकिन, जिनकी उम्र पचास के पार है, किशोरावस्था से ही नेब्रास्का फ़र्नीचर मार्ट में काम कर रहे हैं। ये दोनों सुपर मैनेजर इतने दौलतमंद हैं कि वे जिस सुबह चाहें, रिटायर हो सकते हैं, लेकिन वे फिर भी काम करने आते हैं। इसका कारण क्या है? कारण है प्रेम। वे अपने काम से प्रेम करते हैं।

यहाँ सबक़ यह है : अगर हम विजेता सेल्स टीम को इकट्ठा करना चाहते हैं, तो हमें ऐसे लोगों को खोजना होगा, जो उन प्रॉडक्ट्स में विश्वास करते हों और उनके बारे में जोशीले हों, जिन्हें बेचने को हम उनसे कह रहे हों। वॉरेन ने सीखा है कि बेचे जाने वाले प्रॉडक्ट्स के बारे में सेल्समैन का जोश एक ऐसी चीज़ है, जिस पर वे भरोसा कर सकते हैं और उससे फ़ायदा उठा सकते हैं।

8

जुनून

"पेशेवर उत्साह की हमारी मिसाल वह कैथोलिक टेलर है, जो कई वर्षों तक बचत करके वेटिकन की तीर्थयात्रा पर गया। उसके लौटने पर उस इलाक़े के लोगों ने पोप के प्रत्यक्ष वर्णन को जानने के लिए एक ख़ास मीटिंग की। उत्सुक धार्मिक लोगों ने पूछा, 'हमें बताएँ कि वे किस तरह के हैं?' हमारे कैथोलिक टेलर ने बगैर कोई शब्द बरबाद किए तुरंत जवाब दिया, 'उनका नाप है चवालीस मीडियम।'"

— वॉरेन बफ़ेट

वॉरेन के संसार में आदर्श मैनेजर वह होता है, जो सुबह जागते समय भी व्यवसाय के बारे में सोचता है और रात को उसी व्यवसाय के बारे में सपने देखता है। जैसा वे कहते हैं, "जुनून ही पूर्णता की क़ीमत है।" अपने जुनून के कारण ही वॉरेन ने मूडी के स्टॉक मैन्युअल को याद कर लिया। उन्होंने ए नाम वाली कंपनियों से यह काम शुरू किया और जेड तक पहुँचकर काम पूरा किया। उनका प्रिय निवेशक वह था, जिसके पास बहुत कम शिक्षा थी, लेकिन वह पानी की कंपनियों के बारे में इतना जुनूनी हो गया कि वह आपको बता सकता था कि जब भी कोई अपने टॉयलेट का फ़्लश चलाता था, तो हर बार कंपनी को कितनी कमाई होती थी। अंदाज़ा लगाएँ

कि उस आदमी ने किन कंपनियों में निवेश करके मिलियनों डॉलर कमाए? ज़ाहिर है, पानी की कंपनियों में।

और यही वह जुनून है, जिसकी तलाश वॉरेन अपने कर्मचारियों में करते हैं। उन्होंने एक बार कहा था कि अगर वे बर्कशायर में नौकरी का इंटरव्यू देने वालों से सिर्फ़ एक ही सवाल पूछ सकें, तो वह यह होगा कि वे जो करते हैं, उसके प्रति उनमें कितना जुनून है। उनके हिसाब से आदर्श मैनेजर की मिसाल मशहूर मिसेज़ बी थीं, जिन्होंने अपने परिवार के साथ नेब्रास्का फ़र्नीचर मार्ट शुरू किया और उसका प्रबंधन तब तक करती रहीं, जब तक कि वे 104 साल की नहीं हो गईं। उन्हें स्टोर से दूर रखना संभव नहीं था, क्योंकि यह उनके लिए आजीवन प्रेम था। उन्होंने साठ साल से ज़्यादा समय तक स्टोर को चलाया और इस दौरान केवल एक वैकेशन ली और इस वैकेशन में भी वे पूरे समय दुखी रहीं, क्योंकि वे "अपने स्टोर" से दूर थीं। उन्होंने कहा कि जब वे रात को घर जाती थीं, तो वे "अपने ग्राहकों" के सामने पहुँचने के लिए सुबह का इंतज़ार नहीं कर पाती थीं। उनका एकमात्र शौक प्रतिस्पर्धा की जाँच करने के लिए ओमाहा में घूमना था।

वॉरेन के सभी शीर्ष मैनेजर जुनूनी होते हैं। गीको के सीईओ टोनी नाइसली 1961 से कंपनी में काम कर रहे हैं और उन्हें ज़रा भी पता नहीं है कि अगर वे कभी रिटायर हुए, तो वे क्या करेंगे।

फ़्लाइटसेफ़्टी के संस्थापक और चेयरमैन ए.एल. यूल्टस्की के बारे में बात करते हुए वॉरेन ने कहा था, "अल मुझे समझते थे। मैं समझता था कि फ़्लाइटसेफ़्टी किस बारे में थी और मैं यह भी समझता था कि वे अपने व्यवसाय से प्रेम करते हैं। उनकी स्थिति वाले व्यक्ति के बारे में मैं हमेशा खुद से यह सवाल पूछता हूँ : वे पैसे से प्रेम करते हैं या वे व्यवसाय से प्रेम करते हैं? लेकिन अल के साथ पैसा दूसरे स्थान पर था। वे व्यवसाय से प्रेम करते हैं और मुझे इसी की ज़रूरत है, क्योंकि अगर वे सिर्फ़ पैसे से प्रेम करते हैं, तो मेरे कंपनी ख़रीदने के बाद वे कंपनी छोड़कर चले जाएँगे।"

व्यवसाय के प्रति मैनेजर के जोश का पता लगाने के लिए वॉरेन एक सरल प्रश्न का इस्तेमाल करते हैं, जो इस बारे में होता है कि व्यवसाय में उनकी शुरुआती प्रेरणा क्या थी। वे कहते हैं कि कोई मैनेजर कितना सफल होने वाला है, इस बात का संकेत इस जानकारी से नहीं मिलता कि उसने किस कॉलेज में पढ़ाई की थी। यह संकेत तो इस जानकारी से मिलता है

कि बचपन में उसने लेमोनेड स्टैंड लगाया था या नहीं। व्यवसाय करने का शुरुआती प्रेम बाद में व्यवसाय में सफल होने का संकेत है।

वॉरेन के संसार में यह उतना मायने नहीं रखता है कि हम कितने स्मार्ट हैं; मायने तो यह रखता है कि हम कितने जुनूनी हैं, हम उस काम से कितना प्रेम करते हैं, जिसे हम कर रहे हैं। अगर हम स्मार्ट भी हों, तो यह बेहद ज़ायक़ेदार केक पर आइसिंग होगी।

9

ईमानदारी की शक्ति

"हमारा यह भी विश्वास है कि स्पष्टवादिता से मैनेजरों के रूप में हमें भी लाभ होता है : जो सीईओ सार्वजनिक रूप से दूसरों को गुमराह करता है, वह अंततः अकेले में खुद को भी गुमराह कर सकता है।"

— वॉरेन बफ़ेट

वॉरेन कहते हैं कि जो मैनेजर या कर्मचारी दूसरों के सामने अपनी ग़लतियों के बारे में सच बोलता है, उसके उनसे सीखने की ज़्यादा संभावना रहती है। दूसरी ओर, अगर कोई मैनेजर या कर्मचारी अपनी ग़लतियों को नज़रअंदाज़ करता है या अपनी खुद की ग़लतियों के लिए किसी दूसरे व्यक्ति या दूसरी चीज़ को दोष देने की हमेशा कोशिश करता है, तो इस बात की ज़्यादा संभावना है कि वह बाक़ी महत्त्वपूर्ण चीज़ों के बारे में भी दूसरों से और खुद से झूठ बोलेगा।

वॉरेन ने इसे अकाउंटिंग के मामले में ख़ास तौर पर सच पाया है। वे मानते हैं कि अगर कोई किसी एक आँकड़े में हेराफेरी करने के लिए तैयार रहता है, तो अंततः वह सारे आँकड़ों में हेराफेरी करने के लिए तैयार हो जाएगा। या जैसा वॉरेन कहते हैं, "जो मैनेजर हमेशा 'अनुमानित आँकड़ों को पूरा करने' का वादा करते हैं, उनके मन में किसी बिंदु पर मनगढ़ंत आँकड़े बनाने का प्रलोभन भी आ सकता है।"

वॉरेन के व्यक्तिगत और व्यावसायिक जीवन में सच्चाई और ईमानदारी आधारभूत हैं। ईमानदारी और सच्चाई को वे एक महत्त्वपूर्ण चारित्रिक गुण मानते हैं, जिसे हर व्यक्ति को अपनाना चाहिए। जैसा वे कहते हैं, “आप उन लोगों के साथ व्यवसाय नहीं करना चाहते, जिन्हें प्रदर्शन की प्रेरणा के लिए किसी अनुबंध की ज़रूरत होती है।” व्यवसाय जगत में जो मैनेजर पूरी तरह ईमानदार है, वह बैंक में रखे ख़ज़ाने जितना मूल्यवान होता है।

10

लागतों का प्रबंधन करें

"सचमुच अच्छे व्यावसायिक मैनेजर किसी सुबह जागकर यह नहीं कहते हैं, 'मैं आज से लागतों को कम करने वाला हूँ,' जिस तरह वे जागकर साँस लेने का अभ्यास शुरू करने का निर्णय नहीं लेते हैं।"

—वॉरेन बफ़ेट

मुनाफ़ा व्यवसाय का रुधिर है। मुनाफ़े की कमी कंपनी की मृत्यु है। व्यवसाय में मुनाफ़ा कमाने का एकमात्र तरीक़ा यह है कि आप बेचने वाले प्रॉडक्ट्स के लिए जो भाव रख रहे हैं, आपकी लागत उससे कम हो। दोनों के बीच का अंतर प्रॉफ़िट मार्जिन कहलाता है। पैसे बनाने का कोई दूसरा तरीक़ा या समीकरण नहीं है। आप या तो मुनाफ़ा कमाते हैं या नहीं कमाते हैं और अगर आप मुनाफ़ा नहीं कमाते हैं, तो आप बहुत लंबे समय तक कारोबार में नहीं टिक सकते। अगर आप बहुत सारा मुनाफ़ा कमाते हैं, तो आप ना सिर्फ़ टिके रहेंगे, बल्कि आप अमीर भी बन सकते हैं।

किसी व्यवसाय के मैनेजर के रूप में हमारे दो मुख्य लक्ष्य होते हैं : पहला यह कि हम अपनी सेल्स टीम को ज़्यादा से ज़्यादा संभव भाव पर ज़्यादा से ज़्यादा प्रॉडक्ट्स बेचने के लिए प्रेरित करते हैं। दूसरा यह कि हम अपने उत्पादकों, वेंडर्स और ख़रीदारी टीम से कम से कम संभव भाव पर कच्चा माल या प्रॉडक्ट ख़रीदने की कोशिश करते हैं। नाचने के लिए दो लोगों की ज़रूरत होती है और मुनाफ़ा कमाने के लिए भी दो लोगों की ज़रूरत

होती है। लागत कम रखने का काम सबसे महत्त्वपूर्ण होता है – क्योंकि यही प्रॉडक्ट के भाव को तय करता है। कम लागत का अर्थ है कि हम कम भाव पर प्रॉडक्ट बेच सकते हैं, जिससे प्रॉडक्ट ग्राहक को ज़्यादा आकर्षक लगेगा और इसे बेचना ज़्यादा आसान होगा।

आपके मैनेजर "लागत के बारे में जागरूक" हैं या नहीं, यह पता लगाने के लिए यह देखें कि छोटे-छोटे ख़र्च के बारे में उनका क्या दृष्टिकोण है। वॉरेन कहते हैं, "अगर मैनेजर छोटी चीज़ों के बारे में अनुशासित नहीं हैं, तो वे संभवतः बड़ी चीज़ों के मामले में भी अनुशासित नहीं होंगे।" वे एसोसिएटेड कॉटन शॉप्स के मालिक बेंजामिन रॉजनर की कहानी बताते हैं, जो लागत कम करने के बारे में इतने जुनूनी थे कि उन्होंने एक बार तो एक वेंडर के दिए गए टॉयलेट पेपर के रोल की शीट्स तक गिनी थीं, ताकि यह सुनिश्चित कर सकें कि उनका वेंडर उन्हें धोखा नहीं दे रहा है।

वॉरेन कैपिटल सिटीज़ कम्युनिकेशन्स के सीईओ टॉम मर्फ़ी के बारे में भी बताना पसंद करते हैं, जो लागत के बारे में इतने सतर्क रहते थे कि जब उनके ऑफ़िस की इमारत पर पुताई हुई, तो उन्होंने पिछली दीवार की पुताई नहीं कराई, क्योंकि उसे कोई नहीं देख सकता था। टॉम जनसंपर्क और विधि विभाग को अनावश्यक ख़र्च मानते थे। उन्होंने हिसाब लगाया कि इन सेवाओं की ज़रूरत पड़ने पर फ़्रीलांसर्स को बहुत कम लागत में नियुक्त किया जा सकता है। और जब टॉम ने एबीसी टेलीविज़न नेटवर्क के साथ कैपिटल सिटीज़ का विलय किया, तो उन्होंने जो पहली चीज़ हटाई, वह थी एबीसी का प्राइवेट डाइनिंग रूम। वॉरेन टॉम से प्रेम करते थे।

लागत में कटौती करने के समीकरण का एक और पहलू व्यक्तिगत बचत से संबंधित है। अगर हम 40 प्रतिशत टैक्स स्लैब में हैं, तो हमें 6 डॉलर ख़र्च करने के लिए 10 डॉलर कमाना पड़ते हैं। इसका मतलब यह है कि अगर हम अपना ख़र्च 6 डॉलर कम कर लेते हैं, तो यह दरअसल 10 डॉलर कमाने और इसमें से 6 डॉलर बचाने की तरह है, जिसका फिर निवेश किया जा सकता है। जैसा बेंजामिन फ़्रेंकलिन ने कहा था, "अगर आप यह जानते हैं कि अपनी आमदनी से कम ख़र्च कैसे कर सकते हैं, तो आपको पारस पत्थर मिल गया है।" पारस पत्थर एक ऐसा पत्थर माना जाता है, जिसे छूते ही लोहा सोने में बदल जाता है। वॉरेन के जीवन के शुरुआती हिस्से में वे अपने जीवन-यापन की लागत को कम रखने के बारे

में जुनूनी थे, इसीलिए मल्टीमिलियनेअर बनने के बहुत बाद तक वे पुरानी फ़ोक्सवैगन चलाते रहे। सस्ती कार चलाकर उन्होंने जो पैसा बचाया, उसका उन्होंने निवेश कर दिया, जिससे वे ज़्यादा अमीर बने।

यहाँ पर निष्कर्ष यह है : जब वॉरेन किसी मैनेजर की तलाश करते हैं, तो वे ऐसा मैनेजर चाहते हैं, जिसमें "लागत के प्रति जागरूक" जीवनशैली हो। यह जागरूकता तब शुरू नहीं होनी चाहिए, जब कंपनी के मुश्किल दिन शुरू हो रहे हों। लागत कम करना हमारी कंपनियों और हमारी व्यक्तिगत संपत्ति दोनों के मुनाफ़े को बढ़ाने का सबसे तेज़ और आसान तरीक़ा है। जिसका मतलब है कि यह अमीर बनने का सबसे आसान तरीक़ा है (और पैसे बनाने के आसान तरीक़े किसे अच्छे नहीं लगते?)।

11

दीर्घ अवधि पर निगाह रखें

"प्रबंधन करने और निवेश करने में दरअसल, बहुत-सी समानताएँ होती हैं। मैनेजर होने से मैं बेहतर निवेशक बना हूँ और निवेशक होने से मैं बेहतर मैनेजर बना हूँ।"

—वॉरेन बफ़ेट

वॉरेन दीर्घकालीन निवेशक हैं। जिन कंपनियों के पक्ष में असाधारण अर्थशास्त्र काम कर रहा हो, उनके शेयर रोककर रखने की उनकी अवधि अनंत है यानी वे उनके शेयरों को कभी नहीं बेचना चाहते। यह दीर्घकालीन दृष्टिकोण ही वह बुनियाद है, जिस पर उन्होंने अपनी बेशुमार दौलत का महल खड़ा किया है। लेकिन कंपनियों के ज़्यादातर मैनेजरों का समय संबंधी दृष्टिकोण एक साल से भी कम रहता है। वे जिस संसार में रहते हैं, वहाँ तिमाही और वार्षिक परिणामों को महत्त्वपूर्ण माना जाता है। अगर वे तिमाही या वार्षिक अनुमानों से आगे निकल जाते हैं, तो उन्हें मोटे बोनस और प्रमोशन मिलते हैं। अगर वे तिमाही या वार्षिक अनुमानों से पीछे रह जाते हैं, तो गाज गिरने लगती है। इसी कारण मैनेजरों में सिर्फ़ अल्पकालीन परिणामों पर ध्यान केंद्रित करने की प्रवृत्ति होती है।

यह अल्पकालीन ध्यानकेंद्र प्रबंधन की दीर्घकालीन योजनाओं की लगभग हत्या कर देता है। मैनेजर अल्पकालीन आँकड़े देने के लिए प्रेरित होते हैं, चाहे इस चक्कर में दीर्घकालीन योजना कुर्बान हो जाए। उनके पास भावी

अवसरों का दोहन करने की कोई योजनाएँ नहीं होतीं, ना ही वे संभावित मंदी की पहले से योजना बनाते हैं। ज़्यादातर मैनेजर प्रतिक्रियाशील प्रबंधन करते हैं, वॉरेन की तरह प्रोएक्टिव प्रबंधन नहीं करते। वॉरेन ने निवेश से सीखा कि जिस दीर्घकालीन दृष्टिकोण ने व्यक्तिगत रूप से उन्हें इतना फ़ायदा पहुँचाया है, वह व्यवसायों में भी उन्हें फ़ायदा पहुँचाएगा। वॉरेन अपनी फ़र्म में आने वाले नए मैनेजरों से शुरुआत में ही कह देते हैं कि वे व्यवसाय के अल्पकालीन उतार-चढ़ावों की चिंता नहीं करें, बल्कि व्यवसाय को लंबे समय के लिए शक्तिशाली और प्रगतिशील बनाने पर ध्यान केंद्रित करें।

वॉरेन ने एक और सबक़ यह सीखा कि जब मैनेजर अल्प काल पर पूरी तरह ध्यान केंद्रित कर लेते हैं, तो वे पूँजी का ख़राब आवंटन करते हैं। इससे दो बहुत बड़ी समस्याएँ उत्पन्न होती हैं। पहली यह कि प्रबंधन किसी औसत कारोबार में ढेर सारे पैसे डालता रहता है, जिनका इस्तेमाल किसी दूसरी जगह होना चाहिए था। दूसरी समस्या यह है कि जब प्रबंधन अपने मूल व्यवसाय से बाहर पूँजी ख़र्च करता है, तो यह हमेशा बढ़े-चढ़े भाव पर समृद्धि का अल्पकालीन वादा ख़रीदता है। वॉरेन फ़िल्म व्यवसाय में कोका-कोला के असफल उपक्रम का उदाहरण देते हैं; यह एक बेहतरीन कंपनी द्वारा बुरे विकल्प में फिजूल पैसे ख़र्च करने का आदर्श उदाहरण है।

जब वॉरेन ने बर्कशायर हैथअवे को ख़रीदा, तो कंपनी औसत व्यवसाय कर रही थी और विदेशी वस्त्र निर्माताओं से प्रतिस्पर्धा करने के जी-तोड़ प्रयास में अपनी आमदनी से ज़्यादा ख़र्च कर रही थी। इसका मालिक बनने के बाद वॉरेन ने दूरदर्शिता से देख लिया कि यह मृतप्राय व्यवसाय है, इसलिए उन्होंने टैक्स्टाइल व्यवसाय में बर्कशायर की कामकाजी पूँजी लगाना छोड़ दिया और इस पूँजी से एक बीमा कंपनी ख़रीद ली, जो दीर्घकालीन दृष्टिकोण से बेहतर व्यवसाय था। वे कैसे जानते थे कि टैक्स्टाइल व्यवसाय असफल होगा और बीमा बेहतर व्यवसाय होगा? वॉरेन ने बहुत सारी कंपनियों का अध्ययन करने में बहुत समय लगाया था, इसलिए वे जानते थे कि बेहतरीन दीर्घकालीन कंपनी कैसी दिखती है। इसीलिए वे जानते थे कि टैक्स्टाइल कंपनी एक ख़राब व्यवसाय में थी और वे उसमें चाहे जितने पैसे डाल दें, इसका अंतर्निहित अर्थशास्त्र कभी बेहतर नहीं हो सकता। अंततः बर्कशायर को अपना टैक्स्टाइल का काम बंद करना पड़ा, लेकिन तब तक इसके बीमा

व्यवसाय ने बर्कशायर को सहारा दिया और इसे वित्तीय दिग्गज कंपनी बनाने में मदद की।

जो मैनेजर बर्कशायर के टैक्सटाइल के काम को चला रहे थे, वे विदेशी निर्माताओं से प्रतिस्पर्धा की कोशिश में कंपनी का आख़िरी पैसा तक लगा देते। बर्कशायर के शेयरधारकों का सौभाग्य था कि वॉरेन में यह स्पष्ट भविष्यदृष्टि थी कि टैक्स्टाइल व्यवसाय का भविष्य कैसा होगा। सौभाग्य से उनमें इतनी दूरदर्शिता थी कि वे कंपनी की कामकाजी पूँजी का निवेश किसी ऐसी कंपनी में करें, जहाँ दीर्घकालीन सफलता की ज़्यादा बेहतर संभावनाएँ थीं।

अंततः वॉरेन ने यह सीखा कि जब वे बेहतरीन मैनेजर की तलाश करते हैं, तो वे बेहतरीन निवेशक की तलाश भी कर रहे हैं, जिसकी ज़िम्मेदारी कर्मचारियों, प्रॉडक्ट्स और नए व्यवसायों में कंपनी के पैसों का निवेश करना है - हमेशा दीर्घकालीन दृष्टिकोण से।

12

वेतन कैसे तय करें

"अगर आपके पास बेहतरीन मैनेजर है,
तो आप उसे बहुत बढ़िया वेतन देना चाहेंगे।"

—वॉरेन बफ़ेट

बेहतरीन मैनेजर बेहतरीन फुटबॉल कोच जैसे होते हैं - वे बहुत कम होते हैं। मैनेजर बेहतरीन है या नहीं, यह कैसे तय करें? सारे व्यवसाय समान नहीं होते; कुछ व्यवसायों का अर्थशास्त्र औसत होता है, जबकि बाक़ी का असाधारण होता है। जिन व्यवसायों के पक्ष में असाधारण अर्थशास्त्र काम करता है, उनमें प्रायः घटिया मैनेजर भी अच्छा नज़र आता है। दूसरी ओर, औसत व्यवसाय का प्रबंधन करने वाला असाधारण मैनेजर भी बहुत औसत नज़र आ सकता है। हम फ़र्क़ कैसे समझें? वॉरेन किसी मैनेजर के प्रदर्शन की तुलना उसी उद्योग के दूसरे मैनेजरों से करके पता लगाते हैं कि कोई मैनेजर कितना अच्छा काम कर रहा है।

मिसाल के तौर पर, अगर हम किसी ऐसी कंपनी के स्वामी हैं, जो शेयरहोल्डर्स इक्विटी पर 20 प्रतिशत कमा रही है, तो हमें यह बेहतरीन लग सकता है और साल के अंत में हम अपने मैनेजर को तगड़ा बोनस दे सकते हैं। लेकिन हो सकता है कि हमारी कंपनी उद्योग में काम करने वाली दूसरी कंपनियों जितना अच्छा प्रदर्शन नहीं कर रही हो। अगर कोई मैनेजर उसी उद्योग के दूसरे मैनेजरों की तुलना में औसत परिणाम दे रहा है, तो क्या हम उसे बोनस देंगे? वॉरेन के हिसाब से जवाब नहीं है : किसी असाधारण

व्यवसाय में औसत प्रदर्शन करने के लिए उन्हें साल के अंत में असाधारण बोनस नहीं देना चाहिए।

औसत अर्थशास्त्र वाले व्यवसाय के बारे में इसका विपरीत सच है। अगर हमारा व्यवसाय इक्विटी पर 5 प्रतिशत कमा रहा है, तो हम बाक़ी व्यवसायों से तुलना करने पर इसे कमतर और निचले सिरे का मान सकते हैं। लेकिन अपने उद्योग के दूसरे व्यवसायों से इसकी तुलना करने पर हमें यह पता लग सकता है कि हमारे व्यवसाय की कमाई उच्च सिरे पर है, यानी हमारे मैनेजर की बदौलत हम समूह में सबसे आगे हैं और इसके लिए उसे अच्छा पुरस्कार मिलना चाहिए।

वॉरेन प्रदर्शन-आधारित वेतन में बहुत विश्वास करते हैं, यानी कंपनी का मूल्य व्यवसाय के अंतर्निहित अर्थशास्त्र के कारण नहीं बढ़ा हो, बल्कि मैनेजर ने बढ़ाया हो। वॉरेन इस आधार पर बोनस देते हैं कि मैनेजर व्यवसाय के अंतर्निहित अर्थशास्त्र को दरअसल कितना बेहतर बनाता है। उनके बोनस देने का आधार यह नहीं होता कि अंतर्निहित अर्थशास्त्र के कारण मैनेजर का प्रदर्शन कितना बेहतर नज़र आता है।

चौथा क़दम

अपने कर्मचारियों को प्रेरित करें

वॉरेन को जल्दी ही यह अहसास हो गया था कि अगर उन्हें शत-प्रतिशत काम सौंपना है, तो प्रदर्शन के असाधारण स्तर हासिल करने के लिए मैनेजरों को प्रोत्साहित करना उनका मुख्य कार्य होना चाहिए। जब उन्हें सही व्यवसाय मिल गए और उन्होंने सही मैनेजर नियुक्त कर दिए, तो इसके बाद उन्हें बस अपने मैनेजरों को प्रोत्साहित करना था कि वे वह सब हासिल कर लें, जो वे कर सकते हैं।

पुस्तक के इस अध्याय में हम प्रबंधन में वॉरेन की प्रोत्साहन/प्रेरणा योग्यताएँ बताएँगे। हम बताएँगे कि उन्होंने कारनेगी आदि लोगों से क्या सीखा और सीखी हुई बातों को विजेता प्रबंधन शैली में कैसे ढाला। पहली अच्छी छवि डालने से प्रशंसा का इस्तेमाल करने तक, आलोचना के ख़तरों

को समझने से लेकर सुझाव के सूक्ष्म इस्तेमाल तक वॉरेन अपने मैनेजरों को प्रेरित और प्रभावित करने में उस्ताद हैं। हम उनकी पहली छवि की रणनीति की जाँच करके शुरू करते हैं।

13

पहली छाप अच्छी छोड़ें

जब आप किसी से पहली बार मिलते हैं, तो दोस्ताना अंदाज़ में शुरुआत करें।

बेरिल रैफ़ जे.सी. पेनी के डलास में रिटेल ज्वेलरी डिवीज़न में अधिकारी थीं। 2009 के वसंत में एक कारोबारी मित्र ने उन्हें फ़ोन करके पूछा कि क्या वे बर्कशायर की हेल्ज़बर्ग डायमंड शॉप्स की सीईओ बनने का इंटरव्यू देना चाहेंगी। हेल्ज़बर्ग 240 ज्वेलरी स्टोर्स की 90 साल पुरानी चेन है। यह "डायमंड किंग" बारनेट हेल्ज़बर्ग के जीवन की साधना भी थी, जिन्होंने अंततः यह कंपनी बर्कशायर को बेच दी।

बेरिल लंबे समय से वॉरेन और उनकी कंपनी बर्कशायर हैथअवे की प्रशंसक थीं। वे वहाँ काम करने वाले लोगों की गुणवत्ता जानती थीं। वे जानती थीं कि बफ़ेट कितने सारे व्यवसायों के स्वामी हैं। वे प्रबुद्ध सीईओ के रूप में बफ़ेट की असाधारण प्रतिष्ठा को भी जानती थीं। उन्हें पता था कि बफ़ेट के मैनेजर उनकी भूरि-भूरि प्रशंसा करते हैं, इसलिए बेरिल ने सोचा कि ऐसे आला दर्ज़े के व्यवसाय में काम करना जीवन में कभी-कभार मिलने वाला अवसर हो सकता है। वॉरेन से मिलना ही उनके करियर का अहम पड़ाव होगा। उसे यह उम्मीद नहीं थी कि वॉरेन खुद अपनी सुनहरी कैडिलक में उन्हें हवाई अड्डे पर लेने आएँगे। बेरिल घबरा रही थीं, लेकिन वॉरेन ने तुरंत उन्हें आरामदेह बना दिया। बेरिल को वे वाकपटु और आकर्षक लगे। बफ़ेट के ऑफ़िस में दो घंटे तक बेरिल सवालों के जवाब देती रहीं, ज्वेलरी व्यवसाय के बारे में अपने स्वप्न बताती रहीं और फिर वॉरेन ने उन्हें अपने

कंट्री क्लब में आनंददायक लंच कराया, अपने गृहनगर की सैर कराई और फिर उनके सामने नौकरी का प्रस्ताव रखा। बेरिल ने दो दिन तक इसके बारे में सोचा और फिर स्वीकार कर लिया और तब से वे ख़ुश हैं। बेरिल कहती हैं कि हालाँकि वे कुछ महीने पहले ही वहाँ गई हैं, लेकिन उन्हें महसूस होता है कि वे वॉरेन के विस्तृत परिवार की सदस्य बन गई हैं।

वॉरेन जानते हैं कि पहली मुलाक़ात को दोस्ताना रखना कितना महत्त्वपूर्ण है। उन्होंने हवाई अड्डे से कार में लाते समय बेरिल से पहली मुलाक़ात की। इस दौरान वे हल्के-फुल्के, मज़ेदार, दोस्ताना थे और बेरिल को आरामदेह बनाने के लिए उत्सुक थे। वे उन्हें लंच पर ले गए और उनकी बातें ग़ौर से सुनते रहे। बेरिल के मन में वॉरेन की पहली छवि? मुझे इस इंसान की ख़ातिर काम करना बहुत पसंद आएगा। वॉरेन आज भी बेरिल को बर्कशायर हैथअवे परिवार के ख़ास सदस्य जैसा महसूस कराते हैं। बेरिल का सबसे बड़ा डर यह है कि वे कहीं वॉरेन को निराश नहीं कर दें।

कल्पना करें कि अगर वॉरेन इसका ठीक विपरीत व्यवहार करते, तो क्या होता? अगर वे बेरिल को हवाई अड्डे पर लेने नहीं जाते, तो क्या होता? अगर वे कहते कि बेरिल कैब पकड़कर आ जाएँ, तो क्या होता? अगर वे उन्हें लंच पर नहीं ले जाते या उनकी बातें ग़ौर से नहीं सुनते, तो क्या होता? ऐसी स्थिति में बेरिल के मन में उनकी पहली छवि यह बनती कि वॉरेन एक खड़ूस अरबपति हैं, जिन्हें सिर्फ़ इस बात की परवाह है कि बेरिल उनके लिए पैसे कमा सकती हैं या नहीं। तब बेरिल यह निर्णय ले सकती थीं कि वॉरेन की ख़ातिर काम करने में उन्हें मज़ा नहीं आएगा। तब शायद वे उस पद को स्वीकार नहीं करतीं।

नियम आसान है : अगर आप मनचाहा परिणाम चाहते हों, तो दूसरे लोगों से मुलाक़ात दोस्ताना तरीक़े से शुरू करें। जैसा वॉरेन ने पाया है, यही इकलौता तरीक़ा है, जो सफल और लाभकारी होता है।

14

प्रशंसा की शक्ति

हम सभी में प्रशंसा सुनने की गहरी और सच्ची आवश्यकता होती है।

वॉरेन इस सच्चाई को जानते हैं कि हम सभी महत्त्वपूर्ण महसूस करना चाहते हैं। अमेरिकी मनोवैज्ञानिक और दार्शनिक विलियम जेम्स ने एक बार कहा था, "मानव स्वभाव का सबसे गहरा सिद्धांत सराहना की आवश्यकता है।" वॉरेन यह बात अच्छी तरह समझते हैं।

वॉरेन ने जिन बेहतरीन शुरुआती मैनेजरों का अध्ययन किया, उनमें से एक थे चार्ल्स श्वाब, जो युनाइटेड स्टेट्स स्टील कंपनी के पूर्व प्रमुख थे। श्वाब पहले सुपरस्टार मैनेजर और सीईओ थे, जिन्हें मिलियन डॉलर से ज़्यादा का सालाना वेतन मिलता था। श्वाब को उनके युग के सबसे सम्मानित मैनेजर का ख़िताब इसलिए नहीं मिला था, क्योंकि उन्हें स्टील उद्योग का सबसे ज़्यादा ज्ञान था; उन्होंने खुद स्वीकार किया है कि उन्हें इस उद्योग की सबसे ज़्यादा जानकारी नहीं थी। उन्हें तो सबसे सम्मानित मैनेजर का ख़िताब इसलिए मिला, क्योंकि उनमें अपने कर्मचारियों को उत्साहित और प्रेरित करने की योग्यता थी। वे यह काम कैसे करते थे? प्रशंसा और प्रोत्साहन के ज़रिये!

श्वाब ने कहा था, "मैं उत्साह जगाने की योग्यता को अपनी सबसे बड़ी पूँजी मानता हूँ और किसी व्यक्ति में उत्साह जगाने का सर्वश्रेष्ठ तरीक़ा यह है कि उसकी प्रशंसा की जाए और उसे प्रोत्साहित किया जाए। कोई चीज़ किसी कर्मचारी की महत्त्वाकांक्षाओं को इतनी बुरी तरह से नहीं कुचलती, जितना वरिष्ठ अधिकारियों की आलोचना कुचलती है। मैं कभी किसी की

आलोचना नहीं करता। मैं लोगों को काम करने के लिए प्रोत्साहन देने में यक़ीन करता हूँ। इसलिए मैं तारीफ़ करने में तत्पर रहता हूँ और ग़लती निकालने में कंजूसी बरतता हूँ। अगर मुझे कोई बात पसंद आती है, तो मैं दिल खोलकर तारीफ़ करता हूँ और मुक्त कंठ से सराहना करता हूँ।"

श्वान ने कहा कि उनके बॉस एंड्रयू कारनेगी अकेले में और सबके सामने भी अपने कर्मचारियों की प्रशंसा करते थे। वॉरेन ने श्वाब की सलाह को धर्मवाक्य बना लिया है और पूरी निष्ठा से उस पर अमल करते हैं। वॉरेन छोटी-छोटी चीज़ों के लिए अपने कर्मचारियों और मैनेजरों की प्रशंसा करते हैं। और बड़ी चीज़ों के लिए? उनके लिए वे भूरि-भूरि प्रशंसा करते हैं। वॉरेन आदर्श चियरलीडर और अपने कर्मचारियों के सबसे बड़े प्रशंसक हैं। वे अकेले में या बर्कशायर की वार्षिक मीटिंग्स में और इसकी एन्युअल रिपोर्ट में अपने मैनेजरों की प्रशंसा का कोई मौक़ा नहीं छोड़ते हैं। वॉरेन ने श्वाब से यह सीखा है कि अगर छोटी-छोटी चीज़ों के लिए कर्मचारियों की प्रशंसा की जाए, तो वे प्रशंसा सुनने के लिए आगे चलकर ज़्यादा बड़ी चीज़ें करेंगे।

वॉरेन के लिए प्रशंसा सचमुच वह उपहार है, जिसे देना बहुत फ़ायदे का सौदा है।

15

अच्छी छवि की शक्ति

अपने कर्मचारियों को एक अच्छी छवि प्रदान करें, जिसके अनुरूप वे बन सकें और मौक़ा मिलते ही उनकी तारीफ़ करें।

वॉरेन ने अपने कर्मचारियों को अच्छी छवि प्रदान करने का महत्त्व कारनेगी से सीखा था, जिन्होंने नीचे दी कहानी बताकर अपने पाठकों को इसका महत्त्व बताया था।

एक मैनेजर के अधीन एक बूढ़ा पुराना विश्वसनीय कर्मचारी काम करता था, जो अपने काम से थक चुका था और इतना उदासीन हो गया था कि उसकी उत्पादकता और रचनात्मकता दोनों ही कम हो गई थीं। मैनेजर ने अपने विकल्पों की समीक्षा की। वह इस कर्मचारी को नौकरी से निकाल सकता था, लेकिन उसे उसकी जगह किसी दूसरे को नियुक्त करना होगा। वह उसे नौकरी से निकालने की धमकी दे सकता था, लेकिन इससे शायद कर्मचारी उससे द्वेष करने लगेगा। इसके बजाय उसने कर्मचारी से आमने-सामने दोस्ताना बातचीत करने का विकल्प चुना। बातचीत के दौरान उसने कर्मचारी को बताया कि वह उसके सर्वश्रेष्ठ कर्मचारियों में से एक है, दूसरे कर्मचारियों के लिए प्रेरणा है और अतीत में कई ग्राहकों ने उसकी रचनात्मकता की प्रशंसा की है। उसने बताया कि कुछ समय से कर्मचारी के काम का स्तर गिर गया था। मैनेजर ने कहा कि वह उसके बारे में चिंतित है और क्या वह उसकी मदद करने के लिए कुछ कर सकता है। कर्मचारी की प्रतिक्रिया क्या थी? उसे अहसास हो गया कि उसे अच्छी छवि

के अनुरूप प्रदर्शन करना है, इसलिए उसने घटिया काम करना छोड़ दिया, अपने उत्पादन का स्तर बढ़ा लिया और वाक़ई दूसरों को प्रेरित करने वाला कर्मचारी बन गया।

वॉरेन अपने मैनेजरों की प्रशंसा में कहते हैं कि वे व्यवसाय जगत में सर्वश्रेष्ठ हैं। वे यह प्रशंसा बर्कशायर के शेयरधारकों को लिखे जाने वाले वार्षिक पत्रों में करते हैं, बर्कशायर की एन्युअल मीटिंग में करते हैं और प्रेस को इंटरव्यू देते समय भी करते हैं। वे कभी अपने मैनेजरों को अच्छी छवि का पैमाना देने में नहीं चूकते हैं। वॉरेन के लिए ऐसा करना आसान है, क्योंकि उनके मैनेजर व्यवसाय जगत में सचमुच सर्वश्रेष्ठ हैं।

वॉरेन ने बोनो को क्या सलाह दी?

मैनेजरों को अच्छी छवि देने की अवधारणा उस सलाह के अनुरूप है, जो वॉरेन ने रॉक स्टार बोनो को दी थी। बोनो ने वॉरेन से सलाह माँगी थी कि अफ़्रीका में ग़रीबी के ख़िलाफ़ युद्ध में मदद करने के लिए वे अमेरिकियों को कैसे प्रेरित करें। वॉरेन ने उनसे कहा था, "अमेरिका की अंतरात्मा का आह्वान मत करना। अमेरिका की महानता का आह्वान करना; इससे आपका काम बन जाएगा।"

किसी व्यक्ति की अंतरात्मा का आह्वान करने का मतलब यह है कि आप सूक्ष्म रूप से उसके सही और ग़लत के अहसास को जगाते हैं। आप कैसे इंसान हैं, अगर आप ग़रीबों की मदद नहीं करना चाहते, जो अफ़्रीका में भूखे मर रहे हैं? यह हमारे अपराधबोध को जाग्रत करता है। हम सामान्यतः उन लोगों को नापसंद करते हैं, जो हमारे अपराधबोध को जाग्रत करते हैं; वास्तव में हम अपना ज़्यादातर समय उनसे बचने की कोशिश में लगाते हैं।

वॉरेन ने बोनो को सलाह दी कि इसके बजाय वे अमेरिकी लोगों के महानता के अहसास को जाग्रत करें। इस तरह के अपराधबोध जगाने वाले कथन से बोनो के अमेरिकी श्रोता कैसा महसूस करते : "ये ग़रीब लोग अफ़्रीका में भूखे मर रहे हैं; क्या आप, संसार के सबसे अमीर देश, चुपचाप बैठकर उन्हें भूखे मरने देंगे?" अब इसकी तुलना अमेरिका की महानता का आह्वान करने वाले कथन से करें : "आप संसार के सबसे बुद्धिमान राष्ट्र

हैं, आपने बेहद विपरीत परिस्थितियों में द्वितीय विश्वयुद्ध जीता था, और आपने मनुष्य को चंद्रमा पर पहुँचाने के लिए आसमान को पार किया था। जब मेरे सामने अफ़्रीका के ग़रीब, परेशान और खोए हुए लोगों की मदद करने की ज़बर्दस्त समस्या आई, तो मैंने सोचा, मैं किस ओर मुड़ूँ? फिर मुझे इलहाम हुआ; मुझे संसार के महानतम राष्ट्र की ओर मुड़ना चाहिए, जो सचमुच कठिन समस्याएँ सुलझा सकता है और असंभव को संभव बना सकता है।" वॉरेन ने बोनो को अमेरिकावासियों के गर्व तथा महानता के अहसास को जगाने की सलाह दी, इसकी अच्छी छवि को सामने रखने की सलाह दी। किसी व्यक्ति या देश के सामने उसकी अच्छी छवि रखेंगे, तो वह आम तौर पर उसी छवि के अनुरूप काम करेगा। दूसरी तरफ़, अगर आप उसे अपराधी और शर्मिंदा महसूस कराएँगे, तो वह आपको निराश करेगा।

अपराधबोध का इस्तेमाल करने से कोई फ़ायदा नहीं होता। दूसरों की महानता का आह्वान करना ही उचित नीति है, जो वॉरेन के लिए कारगर रही है और यह आपके लिए भी कारगर रहेगी। सबसे महत्त्वपूर्ण बात, यह उन कर्मचारियों और मैनेजरों के लिए कारगर रहेगी, जिन्हें आप प्रेरित करने की कोशिश कर रहे हैं।

16

आलोचना के ख़तरे

प्रेरित करने के लिए आलोचना का इस्तेमाल निरर्थक है, क्योंकि इससे व्यक्ति रक्षात्मक हो जाता है, उसका मूल्यवान गर्व आहत हो जाता है, उसके महत्त्व के अहसास को चोट पहुँचती है और उसके अंदर द्वेष जाग जाता है।

वॉरेन ने पाया है कि बिन माँगी आलोचना सुनना हम सभी को नापसंद होता है। इससे हम चिढ़ जाते हैं और द्वेष करने लगते हैं। इसके कारण हम वयस्क बनने के बाद अपने माता-पिता का घर छोड़ सकते हैं। इसके कारण कई विवाह टूट जाते हैं। लेकिन इसके बावजूद हममें से कई लोग दूसरों की बिन माँगी आलोचना करने की ग़लती कर बैठते हैं, ख़ास तौर पर ऑफ़िस में। वॉरेन ने बहुत पहले ही सीख लिया था कि आलोचना उनके मैनेजरों को प्रेरित करने का तरीक़ा नहीं है; इससे स्थायी परिवर्तन नहीं होता और यह उपयोगी कामकाजी संबंध को नष्ट कर देती है।

जब मैनेजर ग़लतियाँ करते हैं, तो उनकी आलोचना करने के बजाय वॉरेन यह समझने की कोशिश करते हैं कि गड़बड़ कहाँ हुई और निर्णय क्यों ग़लत हुआ। वे अपने मैनेजरों और उनके कामकाज के परिवेश पर ग़ौर करते हैं और उनके स्थान पर खुद होने की कल्पना करते हैं। जब तक उनके मैनेजर बुद्धिमत्तापूर्ण निर्णय लेते रहते हैं, तो वे उन्हें कभी-कभार ग़लती की छूट देते रहते हैं।

आइए वॉरेन का एक उदाहरण देखें :

डेविड सोकोल वॉरेन के शीर्ष मैनेजर हैं; वे बर्कशायर की मिड अमेरिकन एनर्जी कंपनी चलाते हैं। एक बार डेविड ने एक जिंक प्रोजेक्ट पर 360 मिलियन डॉलर ख़र्च किए, जो डूब गए। डेविड को पूरी उम्मीद थी कि इस ग़लत निर्णय के कारण वॉरेन उन्हें नौकरी से निकाल देंगे। लेकिन उन्हें नौकरी से निकालने, आलोचना करने या फटकारने के बजाय वॉरेन ने बुरी ख़बर सुनने पर डेविड से बस इतना कहा, "हम सभी ग़लतियाँ करते हैं।" वॉरेन ने कहा कि उन्होंने बर्कशायर हैथअवे के शिखर पर अपने कार्यकाल के दौरान इससे भी बड़ी ग़लतियाँ की हैं। फिर उन्होंने डेविड से कहा कि वे अपनी ग़लती से सबक़ तो सीखें, लेकिन उस पर ज़्यादा केंद्रित नहीं रहें।

डेविड वॉरेन के बारे में बहुत ऊँची राय रखते हैं और उन्होंने वह ग़लती दोबारा नहीं की। इसके विपरीत, पिछले नौ वर्षों से उन्होंने बर्कशायर की ऊर्जा कंपनी को उद्योग की बेहद लाभदायक कंपनी बनाने का ज़बर्दस्त काम किया।

अगर वॉरेन उन्हें फटकार लगाते, उनकी मूर्खता पर ताना कसते और उनकी आलोचना करते, तो डेविड वॉरेन से चिढ़ जाते और शायद वे वॉरेन की मिडअमेरिकन एनर्जी को छोड़कर चले जाते या उसे पैसे कमाने वाली मशीन नहीं बना पाते, जैसी कि यह आज है।

प्रशंसा नाम से करें, आलोचना श्रेणी से करें

वॉरेन जानते हैं कि मैनेजर के पास प्रशंसा और आलोचना के दो सबसे महत्त्वपूर्ण औज़ार होते हैं। सही तरीक़े से इस्तेमाल करने पर ये औज़ार कर्मचारियों को कड़ी मेहनत करने, सृजनात्मक बनने और बड़ी सफलता हासिल करने के लिए प्रेरित कर सकते हैं। ग़लत तरीक़े से इस्तेमाल करने पर वे प्रेरणा, महत्त्वाकांक्षा और सृजनात्मकता को नष्ट कर सकते हैं तथा असफलता को सुनिश्चित कर सकते हैं। वॉरेन मानते हैं कि प्रशंसा और आलोचना का प्रभावी इस्तेमाल करना मैनेजर का बुनियादी प्रेरक काम है। जो मैनेजर इस चुनौती को पूरी तरह से समझता है, उसमें हर क्षेत्र में दूसरों को महानता के लिए प्रेरित करने की योग्यता होती है, चाहे यह प्रॉडक्शन टीम

को ज़्यादा कार्यकुशल व प्रभावी बनने के लिए प्रेरित या प्रोत्साहित करना हो या अपने बच्चों को उनका होमवर्क करने के लिए प्रेरित करना हो।

वॉरेन प्रशंसा और आलोचना दोनों का इस्तेमाल करने में माहिर हैं। उनका नियम आसान है : प्रशंसा नाम से करें और आलोचना श्रेणी से करें। आइए देखते हैं कि इसका क्या मतलब है।

हम सभी प्रशंसा सुनने के लिए लालायित होते हैं। कोई भी चीज़ हमें खुद के बारे में इतना अच्छा महसूस नहीं कराती या हमें ज़्यादा प्रयास करने के लिए प्रेरित नहीं करती। बचपन में हम अपने माता-पिता की प्रशंसा जीतने के लिए स्पर्धा करते हैं, बाद में हम अपने शिक्षकों की प्रशंसा सुनना चाहते हैं और ऑफ़िस में हम अपने बॉस की तारीफ़ के भूखे होते हैं। हम सभी को प्रशंसा की ज़रूरत होती है। यह हमें बताती है कि हम सही रास्ते पर हैं और यह हमें उसी रास्ते पर बने रहने और उससे भी बेहतर करने के लिए प्रेरित करती है।

कोई भी आलोचना को पसंद नहीं करता। कोई चीज़ हमें अपने बारे में इतना बुरा महसूस नहीं कराती, जब किसी ऐसी चीज़ के लिए हमारी आलोचना की जाती है, जो हमने की या नहीं की। आलोचना से हम क़तई प्रेरित नहीं होते हैं। हमें बचपन में आलोचना सुनने से नफ़रत थी और वयस्क होने के बाद भी हम अपनी आलोचना से नफ़रत करते हैं। आलोचना का मतलब है कि हमने कोई चीज़ ग़लत की या ग़लत समझ ली, कि यह हमारे लिए सही रास्ता नहीं है कि हम जो कर रहे हैं, उसे हमें छोड़ देना चाहिए और दोबारा कोशिश करनी चाहिए या फिर हमें वह चीज़ छोड़कर कोई दूसरी चीज़ करनी चाहिए। हम अक्सर अपनी आलोचना करने वाले लोगों को नापसंद करते हैं, जिसका मतलब है कि हम उनकी बात नहीं सुनते हैं; हम उन्हें नज़रअंदाज़ कर देते हैं।

प्रशंसा दोस्त बनाने का सबसे तीव्र तरीक़ा है; आलोचना दुश्मन बनाने का सबसे तेज़ उपाय है।

कई मैनेजर कभी नहीं सीख पाते हैं कि प्रशंसा और आलोचना कैसे करें। यह वॉरेन के महानतम मैनेजमेंट रहस्यों में से एक है - ज़्यादा सफलता को प्रेरित करने के लिए प्रशंसा और आलोचना दोनों का इस्तेमाल करना।

वॉरेन प्रशंसा से मंच सजाते हैं और छोटी-बड़ी दोनों क़िस्म की उपलब्धियों की प्रशंसा करते हैं। वे कभी अपने मैनेजरों की प्रशंसा का कोई मौक़ा नहीं छोड़ते। वे नाम याद रखने और नाम लेकर लोगों की प्रशंसा करने में माहिर हैं। क्यों? क्योंकि किसी व्यक्ति के लिए अपने नाम से ज़्यादा मधुर चीज़ संसार में नहीं होती। वॉरेन बफ़ेट की लिखी एन्युअल रिपोर्ट पढ़ें; आप देखेंगे कि इसमें उनके मैनेजरों की प्रशंसा भरी पड़ी है, वह भी नाम लेकर। वे प्रशंसा का उपहार उदारता से देते हैं।

वॉरेन अपने मैनेजरों को आसमान तक ऊपर उठा देते हैं और व्यक्तिगत रूप से तथा लिखित रूप में उनकी प्रशंसा करके उन्हें ख़ास महसूस कराते हैं। इसका नतीजा यह होता है कि मैनेजरों के लिए उनकी कंपनी पैसे बनाने वाली जगह से ज़्यादा बन जाती है; यह आत्म-गौरव बढ़ाने वाली जगह बन जाती है।

जब वॉरेन के मैनेजर उनका सम्मान करते हैं और उन पर विश्वास करने लगते हैं कि वॉरेन के हृदय में उनके सर्वश्रेष्ठ हित हैं, तो वॉरेन उन्हें सलाह देने की ज़्यादा अच्छी स्थिति में आ जाते हैं। यहाँ वे थोड़े "जादू" का भी इस्तेमाल करते हैं : वे कभी मैनेजर की सीधी आलोचना नहीं करते हैं। जिस मैनेजर के साथ वॉरेन ने ठोस संबंध बना लिया है, जब वह किसी व्यावसायिक विचार के बारे में उनकी राय पूछता है और वॉरेन उसके प्रति ज़्यादा सकारात्मक नहीं होते, तो वे एक सूक्ष्म सुझाव देते हैं और मैनेजर को खुद के निष्कर्ष निकालने देते हैं। वॉरेन सामान्यतः इस तरह प्रतिक्रिया करते हैं। सबसे पहले तो वे मैनेजर के विचार को मान्यता देंगे और कहेंगे कि यह लुभावना प्रस्ताव है, लेकिन इसके बाद वे एक कहानी बताएँगे, जहाँ वॉरेन या किसी दूसरे व्यवसायी के मन में उससे मिलता-जुलता विचार आया था, जो तबाही की ओर ले गया। इस तरह मैनेजर खुद अपना निष्कर्ष निकाल सकता है और वॉरेन के दृष्टिकोण को समझ सकता है।

वॉरेन संसार से बात करते समय भी इसी सिद्धांत पर चलते हैं - वे ईमानदारी के लिए किसी व्यक्तिगत बैंकर की प्रशंसा करने में तत्परता दिखाते हैं, लेकिन अगर वे बैंकर से नाखुश हैं, तो वे उस बैंकर की नहीं, बल्कि पूरे बैंकिंग पेशे की आलोचना करते हैं। इससे बैंकर शर्मिंदगी से बच जाता है और वॉरेन शत्रु बनाए बिना अपनी बात पहुँचा देते हैं।

जैसा वॉरेन कहते हैं, "व्यक्ति की प्रशंसा करें, श्रेणी की आलोचना करें।"

अगर आपको किसी की व्यक्तिगत आलोचना करना है, तो पहले उसकी प्रशंसा करें

हालाँकि वॉरेन जानते हैं कि व्यक्तिगत आलोचना ज़हर जैसी होती है, लेकिन वे यथार्थवादी भी हैं। वे समझते हैं कि कुछ मामलों में आलोचना से बचा नहीं जा सकता। जब व्यक्तिगत आलोचना बहुत ज़रूरी हो जाती है, तो वे कारनेगी की सलाह पर चलते हैं, जिन्होंने सुझाव दिया था कि हमेशा आलोचना से पहले व्यक्ति की प्रशंसा करें। सीधी आलोचना को सामने वाला नकार देगा और नज़रअंदाज़ कर देगा। लेकिन जब आप आलोचना से पहले प्रशंसा करते हैं, तो श्रोता सुझाव को स्वीकार करने की बेहतर स्थिति में होता है।

प्रशंसा करने वाले व्यक्ति को हम दोस्त मानते हैं और उसे पसंद करते हैं। हम जिन लोगों को पसंद करते हैं, उनकी राय हमारे लिए महत्त्वपूर्ण होती है। प्रशंसा से विश्वास जमता है, जिससे यह सुनिश्चित होता है कि सामने वाला हमारी सृजनात्मक आलोचना को सुनेगा और उस पर काम करेगा।

बर्कशायर के शेयरधारकों को संतुष्ट करने के लिए वॉरेन ने प्रशंसा/आलोचना मॉडल का इस्तेमाल किया, जो पेट्रोचाइना में निवेश करने को लेकर उनसे नाराज़ थे - क्योंकि पेट्रोचाइना की मातृ कंपनी चाइना नैशनल पेट्रोलियम कॉरपोरेशन (सीएनपीसी) सूडान में निवेश कर रही थी। जब शेयरधारकों ने विरोध किया, तो वॉरेन ने उनकी सामाजिक चेतना की प्रशंसा की और सूडान में स्थिति की गंभीरता को स्वीकार किया। इसके बाद ही उन्होंने उनके दृष्टिकोण की आलोचना की और यह तर्क दिया कि चूँकि पेट्रोचाइना सीएनपीसी की अधीनस्थ कंपनी है, इसलिए बर्कशायर के पास इसे प्रभावित करने का कोई तरीक़ा नहीं है।

यहाँ प्रशंसा/आलोचना मॉडल के कुछ सामान्य उदाहरण हैं : 1) व्यवसाय : "जॉनी, तुम दैनिक डाक सँभालने का बेहतरीन काम कर रहे हो। हमारे पास इस पद पर जो पिछला बंदा था, तुम उससे बहुत बेहतर हो। मैं तुम्हारे प्रदर्शन से बहुत खुश हूँ। लेकिन ग्राहक शिकायतों के मामले में तुम्हारी नीति थोड़ी रूखी है। क्या मैं कुछ सुझाव दे सकता हूँ?"

2) परिवार : "तुम्हारे रिपोर्ट कार्ड से मैं देख सकता हूँ कि तुम स्पेलिंग में बहुत अच्छा प्रदर्शन कर रहे हो, जो ज़बर्दस्त है। मुझे तुम्हारे शानदार

प्रदर्शन पर गर्व है। लेकिन तुम्हें गणित में थोड़ी मुश्किलें आ रही हैं। जब मैं तुम्हारी उम्र का था, तब मुझे भी यही समस्या आती थी और मैं सोच रहा हूँ कि क्या तुम्हें यह पसंद आएगा कि मैं इस मुश्किल स्थिति को पार करने में तुम्हारी मदद करूँ?"

यहाँ नियम काफ़ी सीधा है : आलोचना से प्लेग की तरह बचें, लेकिन अगर आपको आलोचना करनी ही पड़े, तो पहले व्यक्ति की प्रशंसा करें और फिर श्रेणी की आलोचना करें। अगर यह कारगर नहीं हो, तो व्यक्ति की सीधी आलोचना करने से पहले व्यक्ति की प्रशंसा करें। यह नीति वॉरेन के लिए काम करती है और यह हर उस व्यक्ति के लिए काम करेगी, जो मधुर प्रशंसा से द्वार खोलना चाहता है।

17

बहस में कैसे जीतें

कई बार बहस में जीतने के लिए
आपको हारना पड़ता है।

वॉरेन ने जीवन में काफ़ी जल्दी सीख लिया था कि बहस में जीतने का तरीक़ा यह था कि बहस ही नहीं की जाए। उन्होंने समझ लिया था कि किसी की ग़लती को उजागर करने पर सामने वाला शर्मसार हो सकता है और उनसे चिढ़ सकता है। वॉरेन ने कारनेगी से सीखा कि किसी के साथ बहस करने के बजाय उसकी बात से सहमत होना ज़्यादा अच्छा तरीक़ा है, क्योंकि इससे आप उस व्यक्ति का विश्वास जीत सकते हैं और उसे अपने विचार सुनने के लिए अनुकूल स्थिति में ला सकते हैं। वॉरेन ने इस दर्शन को इतना आत्मसात कर लिया है कि वे संघर्ष तथा बहसों से बचने के लिए मशहूर हैं।

वॉरेन लोगों की बात सुनने और उनकी राय का सम्मान करने के लिए भी मशहूर हैं, भले ही यह उनकी खुद की राय के विपरीत हो। सामने वाले के तर्क से सहमत होने की योग्यता महत्त्वपूर्ण है, क्योंकि इससे सामने वाला तनावरहित हो जाता है और वॉरेन के तर्क को सुनने की अनुकूल स्थिति में आ जाता है। वॉरेन जानते हैं कि किसी को अपनी बात सुनने के लिए अनुकूल बनाना किसी भी बहस को जीतने की दिशा में पहला क़दम है।

एक उदाहरण : मान लें कि युवा वॉरेन सिक्युरिटीज़ सेल्समैन होते और गीको का शेयर बेच रहे होते। तब अगर वे किसी संभावित ग्राहक के पास जाते, जो उनसे कहता कि उसे फ़िलिप मॉरिस के शेयर में निवेश करना

ज़्यादा पसंद है, तो वॉरेन उसके साथ बहस करने के बजाय यह मान लेते कि फ़िलिप मॉरिस भी एक बेहतरीन कंपनी और उत्कृष्ट निवेश है। इससे संभावित संघर्ष की स्थिति बनने से पहले ही ख़त्म हो जाती और इससे वॉरेन ग्राहक के सामने गीको का गुणगान करने का मौक़ा मिल जाता।

बेंजामिन फ़्रैंकलिन का प्रभाव

वॉरेन और उनके साझेदार चार्ली मंगर दोनों ने अमेरिकी संस्थापक पितामह बेंजामिन फ़्रैंकलिन की बुद्धिमत्ता से बहुत कुछ सीखा है। बर्कशायर की शेयरहोल्डर मीटिंगों और एन्युअल रिपोर्ट्स में वे दोनों अपने व्यवसाय व जीवन दर्शन पर फ़्रैंकलिन के प्रभाव को स्वीकार करते हैं। इसलिए कोई हैरानी नहीं है कि बहस से बचने और दूसरे लोगों की राय का सम्मान करने की फ़्रैंकलिन की रणनीति वॉरेन के शस्त्रागार का हिस्सा बन गई है, जिससे वे लोगों को अपने विचार सुनने के लिए अनुकूल स्थिति में लाते हैं। हमने फ़्रैंकलिन की आत्मकथा का एक छोटा-सा अंश लिया है, जिसे वॉरेन इस मामले में महत्त्वपूर्ण मानते हैं।

फ़्रैंकलिन ने यह कहा था :

> मैंने नियम बना लिया कि मैं दूसरों की भावनाओं के सीधे विरोध को छोड़ दूँगा और दृढ़तापूर्वक कुछ नहीं कहूँगा। मैंने हर उस शब्द या भाषा की अभिव्यक्ति का इस्तेमाल करने से खुद को रोका, जो एक निश्चित राय को दर्शाता था, जैसे "निश्चित रूप से," "बेशक," आदि। इनके बजाय मैंने इस तरह की शब्दावली को अपनाया, "मेरे ख़याल से," "मैं समझता हूँ," या "मैं कल्पना करता हूँ कि अमुक चीज़ ऐसी होगी," या "यह मुझे इस वक़्त ऐसी नज़र आती है।" जब सामने वाला किसी ऐसी चीज़ का दावा करता था, जो मेरे विचार से ग़लत होती थी, तब भी मैं तुरंत उसका विरोध करने और उसकी मूर्खता को उजागर करने से खुद को रोकता था। जवाब देते समय मैं यह कहकर शुरू करता था कि कुछ मामलों या परिस्थितियों में उसकी राय सही हो सकती है, लेकिन वर्तमान मामला थोड़ा अलग है आदि। मुझे

अपने दृष्टिकोण को बदलने का लाभ तत्काल मिला। मेरी चर्चा ज़्यादा सुखद होने लगी। मैं अपनी राय जितनी ज़्यादा विनम्रता से रखता था, उसे लोग उतनी ही ज़्यादा स्वीकार करने लगे और विरोध ख़त्म हो गया। जब मैं ग़लत होता था, तो मुझे पहले जितनी पीड़ा नहीं झेलनी पड़ती थी और जब मैं सही होता था, तो लोग ज़्यादा आसानी से अपनी ग़लती को स्वीकार करके मेरे दृष्टिकोण को मान लेते थे।

फ़्रैंकलिन ने बताया है कि उनकी इस नीति की वजह से ही उनके देशवासियों ने फ़्रैंकलिन के विचारों का अनुकरण किया। वॉरेन ने सीखा है कि बहस से बचना और दूसरों की राय को स्वीकार करना ही वह रहस्य है, जिससे दूसरे लोग आपकी बात सुनते हैं। अगर आप ज़बर्दस्त दौलत कमाना चाहते हैं, तो यह काफ़ी उपयोगी और मददगार योग्यता है।

18

सामने वाले की इच्छाओं और ज़रूरतों पर ध्यान दें

जब आप चाहते हैं कि कोई व्यक्ति आपके हिसाब से काम करे, तो इस संदर्भ में सोचना छोड़ दें कि आप क्या चाहते हैं। इसके बजाय इस संदर्भ में सोचें कि सामने वाला क्या चाहता है।

वॉरेन ने सीखा है कि मैनेजर तथा व्यवसाय मालिक के रूप में सफल होने का एक बड़ा रहस्य यह पता लगाना है कि उनके मैनेजरों की ज़रूरत या इच्छा क्या है। अगला क़दम सामने वाले की आवश्यकताओं और इच्छाओं के संदर्भ में बात करना है।

इस क्षेत्र में वॉरेन पर हेनरी फ़ोर्ड का शुरुआती प्रभाव पड़ा था, जो बीसवीं सदी के महान उद्योगपति थे। फ़ोर्ड ने अपनी आत्मकथा में कहा था, "अगर सफलता का कोई रहस्य है, तो यह सामने वाले के दृष्टिकोण को समझने और अपने नज़रिये के साथ-साथ सामने वाले के नज़रिये से प्रॉडक्ट को देखने की योग्यता है।"

वॉरेन ने इस विचार को अपने पारिवारिक और व्यावसायिक जीवन में अपनाया है। जब वे चाहते थे कि उनके बच्चे कुछ करें या उनके व्यवहार को बदलें, तो वे बार-बार टोकाटाकी या आलोचना नहीं करते थे। इसके बजाय वे उनकी इच्छाओं पर ध्यान केंद्रित करते थे। अगर वे चाहते थे कि उनके बच्चे वज़न कम करें, तो वे वज़न कम करने के लिए पुरस्कार की घोषणा कर देते थे, क्योंकि हर किशोर में पैसों की इच्छा होती है।

जब उनकी कंपनी बर्कशायर हैथअवे किसी निजी पारिवारिक व्यवसाय को ख़रीदना चाहती थी, तब वॉरेन उस व्यवसाय पर मालिक के गर्व पर ग़ौर

करते हैं। वे समझते हैं कि हो सकता है कि मालिक ज़्यादा से ज़्यादा पैसों में कंपनी बेचना चाहता हो, लेकिन वह यह भी सुनिश्चित करना चाहेगा कि कंपनी के वफ़ादार कर्मचारियों की अच्छी देखभाल हो और बिकने के बाद कंपनी बिखरकर नष्ट नहीं हो जाए या नया मालिक इसके टुकड़े-टुकड़े करके इसे नहीं बेच दे। इतने वर्षों में वॉरेन ने एक दर्जन से ज़्यादा व्यवसायियों को राज़ी किया है कि वे अपनी निजी कंपनियाँ उन्हें बेच दें, हालाँकि दूसरी कंपनियाँ और लीवरेज्ड बाइआउट फ़र्म्स उन मालिकों को ज़्यादा पैसे देने को तैयार थीं। एक जर्मन कंपनी ने नेब्रास्का फ़र्नीचर मार्ट को ख़रीदने के लिए इसकी मालकिन रोज़ ब्लमकिन के सामने अस्सी मिलियन डॉलर की पेशकश की थी। रोज़ ब्लमकिन पैसे तो चाहती थीं, लेकिन वे उस व्यवसाय को चलाना नहीं छोड़ना चाहती थीं, जिसे उन्होंने बनाया था और जिससे वे प्रेम करती थीं। इसलिए जर्मन कंपनी को बेचने के बजाय उन्होंने चालीस मिलियन डॉलर में वॉरेन को कंपनी की 90 प्रतिशत हिस्सेदारी बेच दी, क्योंकि वे इस बात पर सहमत हो गए कि मिसेज़ बी और उनके बेटे कंपनी में रुककर इसे चलाते रहें। वॉरेन को अच्छी क़ीमत पर एक ज़बर्दस्त व्यवसाय मिल गया, साथ ही उन्हें सौदे में प्रतिभाशाली मिसेज़ बी और उनकी सितारा प्रबंधन टीम भी मिल गई। और यह सब इसलिए हुआ, क्योंकि उन्होंने उनकी आवश्यकताओं को समझा और पूरा किया था।

इस बारे में ज़्यादा शक नहीं है कि फ़्लाइटसेफ़्टी के संस्थापक और चेयरमैन ए. एल. यूएल्टस्की को कोई भी लीवरेज बाइआउट फ़र्म ज़्यादा पैसे दे देती, लेकिन वॉरेन ने उनकी इच्छाओं को समझकर उन्हें पूरा करने की पेशकश की : वे उन्हें ढेर सारे पैसे देंगे और इसके साथ ही वह काम करने का अवसर भी देंगे, जिससे से वे प्रेम करते थे - फ़्लाइटसेफ़्टी चलाना। वॉरेन को क्या मिला? उन्हें एक शानदार व्यवसाय मिल गया - जिसे एक जीनियस चला रहा था - वह भी इतने अच्छे भाव पर कि वे आज भी मुस्करा रहे हैं।

क्या इससे बेहतर कुछ हो सकता है?

19

सही विचार सोचने के लिए दूसरों को प्रोत्साहित करें

सामने वाले को सही विचार बताना आसान है,
लेकिन उसे सही विचार सोचने के लिए प्रेरित करना
ज़्यादा शक्तिशाली होता है।

वॉरेन इस बात के लिए मशहूर हैं कि वे लोगों को नियुक्त करने के बाद उन्हें यह नहीं बताते हैं कि क्या करना है। इसके बजाय वे चाहते हैं कि वे खुद अपने लक्ष्य और पैमाने तय करें। लगभग हमेशा उनके मैनेजर जो लक्ष्य तय करते हैं, वे वॉरेन की उम्मीद से ज़्यादा होते हैं। वॉरेन के मैनेजर कहते हैं कि हालाँकि वॉरेन उन्हें कभी नहीं बताते कि वे उनसे क्या उम्मीद करते हैं, लेकिन वे जानते हैं कि वॉरेन उनसे बहुत ज़्यादा उम्मीदें करते हैं। उनकी ख़ामोशी उनके मैनेजरों को यह कल्पना करने के लिए प्रेरित करती है कि वॉरेन उनसे बहुत उम्मीदें करते हैं और यह बात उन्हें बेहतरीन प्रदर्शन करने के लिए प्रेरित करती है।

किसी को कुछ करने को कहेंगे, तो इसे आदेश समझा जाएगा। जैसा हम सभी जानते हैं, कोई भी आदेशों को पसंद नहीं करता। हम स्वाभाविक रूप से आदेश देने वाले व्यक्ति का प्रतिरोध करते हैं। लेकिन अगर यह "हमारा विचार" है, तो हम इसे धर्मवाक्य मान लेते हैं और उस पर उद्‌देश्य तथा विश्वास के साथ काम करते हैं। हम ड्राइविंग सीट पर होते हैं।

इसका आदर्श उदाहरण एक प्रेरक कहानी है, जो कारनेगी एक ऑटो डीलरशिप सेल्स मैनेजर के बारे में बताते थे। इस मैनेजर ने अपने सेल्समैनों को प्रोत्साहित करने की कई असफल कोशिशें कीं। आख़िरकार उसने अपनी सेल्स टीम को इकट्ठा किया। उसने उनसे कहा कि वे मैनेजर के रूप में उससे क्या अपेक्षा करते हैं। उसने उनके जवाब एक ब्लैकबोर्ड पर लिख दिए। फिर उसने पूछा कि उसे उनसे क्या अपेक्षा करनी चाहिए। उन्होंने तुरंत जवाब दिया कि वे उनसे ईमानदार और मेहनती टीम खिलाड़ी बनने, पहलशक्ति तथा आशावाद दिखाने की अपेक्षा कर सकते हैं। उन्होंने अपने पैमाने खुद तय किए। क्या उन्होंने इसके अनुरूप काम किया? ना सिर्फ़ उन्होंने इनके अनुरूप काम किया, बल्कि वे उससे बहुत आगे निकल गए और रिकॉर्ड तोड़ बिक्री करने लगे।

यह काफ़ी सरल अवधारणा है, जिस पर हम अपनी रोज़मर्रा की ज़िंदगी में आसानी से अमल कर सकते हैं।

यहाँ कुछ उदाहरण दिए जा रहे हैं :

किसी को कोई चीज़ नहीं करने का आदेश नहीं दें। इसके बजाय उसे उस काम के नकारात्मक परिणाम बता दें। "झील में मत तैरना" नहीं कहें। इससे बेहतर यह कहना है, "झील में मगरमच्छ हैं और वे छोटे बच्चों को खाना पसंद करते हैं।" इससे बच्चा यह सोचने के लिए प्रेरित होता है कि मगरमच्छ उसे खा रहे हैं, जिससे वह झील में नहीं तैरने का निर्णय लेगा।

किसी को कोई काम करने का आदेश नहीं दें। इसके बजाय उसे उस काम के सकारात्मक परिणाम बताएँ। इस तरह की बात नहीं कहें, "मैं चाहता हूँ कि बिक्री बढ़े।" इसके बजाय यह कहें, "अगर बिक्री बढ़ जाती है, तो मैं खुश हो जाऊँगा और क्रिसमस पर ज़्यादा बोनस दे सकूँगा।" कर्मचारियों को अहसास हो जाता है कि बिक्री बढ़ने से मैनेजर खुश होगा और उन्हें क्रिसमस पर ज़्यादा बोनस देगा।

अगर आपको समझ में नहीं आ रहा हो कि अपने बच्चों का बेहतर प्रबंधन कैसे करें, तो आप इस तरीक़े को आज़माकर देख सकते हैं। स्कूल का वर्ष शुरू होने पर अपने बच्चों से पूछें कि वे आगामी वर्ष में आपसे क्या अपेक्षा करते हैं। उनकी अपेक्षाएँ सुनें और उन पर बातचीत करें। यह काम पूरा होने पर अगर आप उनकी अपेक्षाओं के साथ आरामदेह हों, तो उनसे

सहमत हो जाएँ। फिर पूछें कि आप उनसे क्या उम्मीद कर सकते हैं। वे इतनी ज़्यादा उम्मीदें गिना देंगे कि आपको झटका लग सकता है।

सीधे आदेश देने के बजाय प्रश्न पूछें

जैसा हमने बताया है, वॉरेन अपने मैनेजरों को सीधे आदेश नहीं देने के लिए मशहूर हैं। वे ढेर सारे सवाल पूछने के लिए भी मशहूर हैं।

वॉरेन जानते हैं कि कोई भी सीधे आदेश को पसंद नहीं करता, ना ही कोई यह बताया जाना पसंद करता है कि क्या करना है। आम तौर पर कर्मचारी दबंग मैनेजरों से नफ़रत करते हैं और ऐसे मैनेजर अपने कर्मचारियों को उत्कृष्ट बनने के लिए शायद ही कभी प्रेरित कर पाते हैं। सीधा आदेश सेना में काम कर सकता है, लेकिन अन्य क्षेत्रों में इससे स्थायी कटुता उत्पन्न कर सकती है, जिससे प्रदर्शन नीचे गिर सकता है।

वॉरेन ने सीखा है कि महान मैनेजर सुझाव के ज़रिये अप्रत्यक्ष आदेश देते हैं। सुझाव देने का एक तरीक़ा सवाल पूछना है। सवाल पूछने के कारण आपका सुझाव ज़्यादा ज़ायक़ेदार बन जाता है। इससे अक्सर कर्मचारी समस्या सुलझाने के लिए अपने खुद के विचार सोचने के लिए प्रेरित होते हैं। हमें किसी दूसरे के विचारों पर काम करने के बजाय अपने खुद के विचारों पर काम करना ज़्यादा अच्छा लगता है, ख़ास तौर पर जब हमें आदेश दिया जा रहा हो। यह हमेशा बेहतर होता है कि लोगों को खुद ही कोई चीज़ खोजने दें। अगर यह संभव नहीं हो, तो उन्हें प्रश्न के रूप में सुझाव देकर सही दिशा में हल्का-सा धकेल दें।

यहाँ कुछ उदाहरण दिए जा रहे हैं कि किसी प्रत्यक्ष आदेश को प्रश्न में बदलने की तकनीक का इस्तेमाल कैसे करना है। ध्यान रहे, आदेश किसी कर्मचारी को अच्छे नहीं लगते, लेकिन सुझाव पर वे स्वेच्छा से काम करने के लिए प्रेरित हो जाते हैं :

सीधा आदेश : "मैं चाहता हूँ कि यह काम सोमवार तक हो जाए।"

सुझाव : "अगर हम यह काम सोमवार तक पूरा कर सकें, तो बेहतरीन रहेगा। क्या आप ऐसा करने का कोई तरीक़ा सोच सकते हैं?"

सीधा आदेश : "गाड़ी धीमी चलाओ, तुम बहुत तेज़ चला रहे हो!"

सुझाव : "आप जानते हैं, सड़कों पर बहुत फिसलन है; अगर हम धीमे चलें, तो क्या आपके हिसाब से यह ज़्यादा सुरक्षित रहेगा?"

सीधा आदेश : "यह इस काम को करने का तरीक़ा नहीं है।"

सुझाव : "क्या आप इस काम को करने का कोई बेहतर तरीक़ा सोच सकते हैं?"

सीधा आदेश : "मैं चाहता हूँ कि आप इसे इस तरह करें।"

सुझाव : "आपको क्या लगता है, अगर हम इसे इस तरीक़े से करें, तो क्या हमें बेहतर परिणाम मिलेंगे?"

सीधा आदेश : "जब हम चिड़ियाघर जाते हैं, तो मैं चाहता हूँ कि तुम मेरे बग़ल में रहो।"

सुझाव : "जब हम चिड़ियाघर जाते हैं, तो क्या आप कोई कारण सोच सकते हैं कि आपको मेरे बग़ल में क्यों रहना चाहिए?"

वॉरेन सीधे आदेश नहीं के बराबर देते हैं, लेकिन वे अपने मैनेजरों से लाखों सवाल पूछते हैं। अब आप जान गए होंगे कि वे ऐसा क्यों करते हैं।

20

हर व्यक्ति ग़लतियाँ करता है – इसे स्वीकार करें!

जब हम ग़लत होते हैं, तो हमें इसे जल्दी से और दृढ़ता से स्वीकार करना चाहिए।

वॉरेन मानते हैं कि जब लोग ग़लती करते हैं, तो उन्हें इसके बारे में ईमानदार रहना चाहिए और इसे जल्दी से तथा दृढ़ता से स्वीकार करना चाहिए। ऐसा नहीं करने से यह आभास होता है कि हम कोई चीज़ छिपाने की कोशिश कर रहे हैं या हममें अपनी ग़लती को स्वीकार करने का साहस या ईमानदारी नहीं है। ऐसा व्यवहार देखकर लोग हम पर अविश्वास करने लगते हैं। कोई भी ऐसे व्यक्ति को बर्दाश्त नहीं कर सकता, जो हमेशा सही होता है। इसी तरह, कोई भी किसी ऐसे व्यक्ति को बर्दाश्त नहीं कर सकता, जो ग़लत होने के बावजूद इसे स्वीकार नहीं करता हो। अगर वे ग़लत होने के बावजूद अपनी ग़लती नहीं मानते हैं, तो वे और किन चीज़ों के बारे में झूठ बोल सकते हैं? शायद अकाउंटिंग बुक्स के बारे में?

इसके अलावा, जो मैनेजर अपनी ग़लती नहीं मानते, उनके कर्मचारी उन पर विश्वास नहीं करते। उनके कर्मचारी उनका कम सम्मान करते हैं, उनका अनुसरण करने के कम इच्छुक होते हैं और मैनेजर की अनुशंसाओं तथा मार्गदर्शन पर कम विश्वास करते हैं।

वॉरेन अपनी ग़लतियों के बारे में हमेशा ईमानदार रहते हैं। वे अपनी ग़लती अपने मैनेजरों और शेयरहोल्डर्स के सामने सबसे पहले स्वीकार करते

हैं। और इस बात के लिए वे वॉरेन से प्रेम करते हैं। जब वॉरेन ने कुछ समय पहले दो आइरिश बैंकों में बुरा निवेश किया, जिससे बर्कशायर को सैकड़ों मिलियन डॉलर का चूना लगा, तो उन्होंने ईमानदारी से अपनी ग़लती मान ली। जब उन्होंने तेल कंपनी कॉन्कोफ़िलिप्स में ख़राब निवेश किया, जिसे उन्होंने तब ख़रीदा था, जब तेल का भाव 140 डॉलर प्रति बैरल चल रहा था, तो उनकी ग़लती की वजह से बर्कशायर को 2 अरब डॉलर का चूना लगा, लेकिन वे बर्कशायर के शेयरहोल्डर्स के सामने अपनी ग़लती स्वीकार करने में पल भर भी नहीं झिझके। उन्होंने किसी दूसरे को दोष नहीं दिया। उन्होंने यह नहीं कहा कि दूसरे लोगों ने भी ऐसी ही ग़लतियाँ की थीं। उन्होंने तो बस यह कहा कि उन्होंने ग़लत निर्णय लिया था।

अपनी ग़लती स्वीकार करके और इस बारे में ईमानदार रहकर वॉरेन अपने कर्मचारियों तथा शेयरहोल्डर्स का विश्वास जीत लेते हैं। साथ ही वे उस कूटनीतिक कुचक्र से भी बचते हैं, जो युगों-युगों से महान लोगों के पतन का कारण रहा है।

पांचवाँ क़दम

प्रबंधकों के संकट, चुनौतियाँ और सीखने के अवसर

इस पुस्तक के अंतिम अध्यायों में वॉरेन के महत्त्वपूर्ण सूत्रवाक्य शामिल हैं, जो विभिन्न विषयों पर हैं, जैसे : बहुत ज़्यादा क़र्ज़ के ख़तरे, कर्मचारियों का क़ानून का उल्लंघन, अच्छे विचारों के ग़लत परिणाम, ग़लतियाँ करना, चापलूसों का प्रबंधन करना, अवसर चूकना, सामने की सड़क देखना और अपने खुद के जीवन का प्रबंधन करना। ये सभी सबक़ उन्होंने मुश्किल तरीक़े से, अनुभव से सीखे हैं। इन पर सावधानी से मनन करें, क्योंकि ये ना सिर्फ़ आपको मुश्किल से बाहर रखेंगे, बल्कि इससे बाहर निकलने में भी आपकी मदद करेंगे।

21

क़र्ज़ के छिपे हुए ख़तरे

"व्यवसाय की सड़क पर बहुत सारे गिराने वाले गड्ढे होते हैं; जिस योजना में तिकड़म करके उन सबसे बचना ज़रूरी हो, वह तबाही की योजना है।"

— वॉरेन बफ़ेट

जिन कंपनियों के मैनेजरों को ढेर सारा क़र्ज़ लेना पड़ता है, वे इस बात पर जुआ खेल रहे हैं कि आगे की सड़क पर कोई आर्थिक गड्ढा नहीं आएगा और वे उसमें नहीं गिरेंगे। उनकी व्यावसायिक योजना तभी सफल होगी, जब कोई समस्या नहीं आए। लेकिन भारी क़र्ज़ के बोझ तले दबी सबसे अच्छी कंपनियाँ भी हमेशा समस्याओं से बच नहीं सकतीं। इसीलिए हर बीस साल बाद हमारे सामने बैंकिंग संकट खड़ा हो जाता है। बैंक लीवरेजिंग के शहंशाह होते हैं; बैंक जो क़र्ज़ देते हैं, वह पैसा उन्हें ग्राहकों से उधार लेना पड़ता है। मज़े की बात यह है कि वे ज़्यादातर पैसे कम समय के लिए उधार लेते हैं और उसे लंबी अवधि के लिए क़र्ज़ पर देते हैं। जिन लोगों ने बैंक को अल्प अवधि के लिए पैसा उधार दिया था, जब वे इसे वापस माँगते हैं और बैंक इसे नहीं दे पाता, तब स्थितियाँ बिगड़ने लगती हैं।

आर्थिक परिवर्तन बहुत सारे अवसर पेश करता है, बशर्ते उनका लाभ लेने के लिए हमारे पास नक़द पैसे हों। आर्थिक परिवर्तन का मतलब तबाही भी हो सकता है, अगर हम पर बहुत ज़्यादा क़र्ज़ हो। जीवन आर्थिक परिवर्तनों से भरा है - हमेशा रहा है, हमेशा रहेगा।

"लीवरेजिंग बहुत लुभावनी होती है और हमेशा मुश्किल की ओर ले जाती है।"

—वॉरेन बफ़ेट

लीवरेजिंग का प्रलोभन यह है कि अगर मैनेजर इसका सही तरीक़ा सीख लेता है, तो वह अपनी कंपनी के प्रदर्शन को बहुत ज़्यादा सुधार सकता है। मान लें कि आप जिस कंपनी का प्रबंधन करते हैं, वह बिना किसी क़र्ज़ के 6 मिलियन डॉलर का सालाना मुनाफ़ा कमाती है। तभी आपको एक व्यावसायिक अवसर दिखाई देता है, जिसकी लागत 100 मिलियन डॉलर है, लेकिन जिस पर आपको हर साल 15 मिलियन डॉलर मुनाफ़ा होगा। यह लुभावना लगता है, है ना? पेंच यह है कि आपकी कंपनी के पास 100 मिलियन डॉलर नहीं हैं। आपका दोस्ताना वॉल स्ट्रीट बैंक आपको 100 मिलियन डॉलर उधार देने के लिए लालायित है, अगर आप हर साल 10 मिलियन डॉलर ब्याज चुकाने को तैयार हों। इसका मतलब है कि ब्याज में 10 मिलियन डॉलर चुकाने के बाद आपको नए व्यवसाय में 5 मिलियन डॉलर का शुद्ध मुनाफ़ा होगा। पुराने व्यवसाय का 6 मिलियन डॉलर का मुनाफ़ा जोड़ने पर आपकी कंपनी अगले साल लगभग 11 मिलियन डॉलर का मुनाफ़ा कमाएगी। यानी क़र्ज़ लेकर सौदा करने पर कंपनी का शुद्ध मुनाफ़ा लगभग दोगुना हो जाएगा। ज़रा अंदाज़ा लगाएँ, साल के अंत में किसे बड़ा बोनस मिलेगा? आपको, क्योंकि आपने कंपनी की संपत्तियों का शानदार प्रबंधन किया।

वॉल स्ट्रीट निवेश बैंकों के मामले में लीवरेजिंग का खेल चरम सीमा तक खेला गया था। अल्प काल में 5 प्रतिशत पर 100 अरब डॉलर उधार लो और यह राशि लंबे समय के लिए 7 प्रतिशत ब्याज पर उधार दे दो। अचानक आपकी कंपनी मुनाफ़े में हर साल 2 अरब डॉलर कमाने लगेगी और वित्तीय अख़बारों में आपकी 50 मिलियन डॉलर की तनख़्वाह के बारे में लिखा जाएगा।

अब आप समझ गए होंगे कि मैनेजर अपनी कंपनी को ज़्यादा से ज़्यादा लीवरेजिंग/क़र्ज़ की ओर क्यों धकेलते हैं, जिससे वे अपना मुनाफ़ा बढ़ा सकते हैं।

लेकिन एक पेंच है और यह बहुत बड़ा पेंच है। तब क्या होगा, अगर मंदी आ जाए और आपकी कंपनी की कारोबारी आमदनी कम हो जाए, इस बिंदु तक कि आप क़र्ज़ चुकाने लायक़ पैसे भी नहीं कमा पाएँ। इस मामले में आपकी कंपनी की नेट वर्थ घटने लगेगी, जब तक या तो अर्थव्यवस्था ना सुधर जाए और व्यवसाय बेहतर नहीं हो जाए या फिर आपकी कंपनी खुद को दिवालिया घोषित करने के लिए मजबूर नहीं हो जाए। जब कंपनियाँ दिवालियेपन की सोचने लगती हैं, तो कंपनी के पुराने प्रबंधकों को सबसे पहले नौकरी से निकाला जाता है।

लेकिन अगर कंपनी 100 मिलियन डॉलर का क़र्ज़ नहीं लेती, तो कोई समस्या ही नहीं थी। तब मंदी आने पर कंपनी को अपना उत्पादन कम करना था, ताकि यह घटती माँग के बराबर हो जाए। इससे यह दोबारा पैसे कमाने लगती। हाँ, कर्मचारियों की छँटनी करनी पड़ती, लेकिन कंपनी किसी हालत में दिवालिया नहीं होती।

वॉरेन 1950 और 1960 के दशक में किसी कंपनी को देखते समय हमेशा पूछते थे कि इसने महामंदी में कैसा प्रबंधन किया? क्या इसने अच्छा प्रदर्शन किया? या यह असफल रही? इससे उन्हें उस कंपनी की ऐतिहासिक प्रकृति और क़र्ज़ की आवश्यकता के बारे में बहुत कुछ पता चल जाता था। वॉरेन अब भी किसी कंपनी के दीर्घकालीन ऐतिहासिक प्रदर्शन को देखते हैं। वे अक्सर कहते हैं कि कोका-कोला और वेल्स फ़ारगो जैसी जिन कंपनियों में उनके बड़े निवेश हैं, उनका सौ साल से ज़्यादा का इतिहास है। ये व्यवसाय ना सिर्फ़ महामंदी में बचे रहे, बल्कि ये वर्तमान मंदी में भी बचे रहेंगे। लेकिन फिर भी वे सतर्कता से देखते रहते हैं कि उनके स्वामित्व की कंपनियों पर कितना क़र्ज़ है, क्योंकि वे जानते हैं कि मुश्किल दौर में सर्वश्रेष्ठ व्यवसाय भी क़र्ज़ के कारण डूब सकते हैं।

वॉरेन की बर्कशायर हैथअवे क़र्ज़ लेने से दूर रहती है। अगर वॉरेन किसी चीज़ को नक़दी में नहीं ख़रीद सकते, तो वे ख़रीदते ही नहीं हैं। वॉरेन को अगर सही भाव पर मूल्यवान कंपनी नहीं मिल पाती है, तो वे नक़दी का ढेर लगने देते हैं, जिससे बर्कशायर मुश्किल समय में सुरक्षित रहती है। 2009 की महामंदी की गर्मी में बर्कशायर पर बहुत कम क़र्ज़ था और बीस अरब डॉलर की नक़दी का बहुत आरामदेह ढेर था। इससे वॉरेन रात को अच्छी तरह सो सकते थे और उनके पास आर्थिक शक्ति भी थी,

जिससे वे मंदी के दौरान शेयरों को किफ़ायती दाम पर ख़रीदने के अवसर का लाभ ले सकते थे।

वॉरेन जैसे पुराने मैनेजर मुनाफ़े को बेहतर बनाने के लिए क़र्ज़ का इस्तेमाल पसंद नहीं करते। उन्होंने मुश्किल समय झेला है और उनके पास इसकी कटु यादें हैं। लेकिन पिछले पंद्रह सालों में फटाफट पैसों का मतलब ज़्यादा तेज़ प्रमोशन और बड़े बोनस रहे हैं, इसलिए नई पीढ़ी ने क़र्ज़ का भारी बोझ लाद लिया और 2009 की महामंदी में अपनी कंपनी को वित्तीय असफलता की खाई के ऊपर झूलता पाया, जिससे उनके संक्षिप्त सफल करियर अचानक ख़त्म हो गए।

कई बार अनुभवी लोग ज़्यादा समझदारी से काम करते हैं।

22

क्या अच्छे विचार हमेशा सफल होते हैं?

"बुरे विचार के बजाय अच्छे विचार की वजह से आप ज़्यादा मुश्किल में फँस सकते हैं।"

—वॉरेन बफ़ेट

यहाँ वॉरेन अपने स्वर्गीय मार्गदर्शक बेंजामिन ग्राहम का उद्धरण दे रहे थे, जिन्होंने वॉरेन को अच्छे विचारों के संभावित ख़तरे से सावधान रहना सिखाया था। मैनेजर कभी बुरे विचारों पर काम नहीं करते, क्योंकि वे जानते हैं कि वे बुरे हैं; उन्हें तो शुरुआत में ही मार दिया जाता है। लेकिन अच्छे विचार पर काम किया जाता है और अगर यह सफल होता है, तो यह परिपाटी बन जाता है। सबप्राइम मॉर्टगेज मूलतः एक अच्छा विचार था; इससे अच्छे लोगों को घर ख़रीदने के लिए क़र्ज़ लेने की सुविधा मिलती थी और मार्टगेज ब्रोकर्स को पैसे बनाने की अनुमति मिलती थी। लेकिन अंततः ख़राब क़र्ज़ इतिहास वाले लोग सबप्राइम मॉर्टगेज के लिए पात्र बन गए। ज़्यादा लोगों ने घर ख़रीदने का क़र्ज़ लिया, जिससे मॉर्टगेज ब्रोकर्स ने और भी ज़्यादा पैसे बनाए। फिर अचानक एक दिन मंदी आ गई। लोगों की नौकरियाँ छूटने लगीं, जिस वजह से वे अपने सबप्राइम मॉर्टगेज की क़िस्त नहीं भर सकते थे। अचानक बेहतरीन विचार तबाही में बदलने लगा।

यही चीज़ बीमा दिग्गज एआईजी के साथ हुई, जिसने बहुत बड़ी संख्या में निवेश ग्रेड के कॉरपोरेट बॉन्ड पर डिफ़ॉल्ट के जोखिम को कम करने के

लिए बैंकों व दूसरी संस्थाओं को बीमा बेचा। एआईजी का अनुमान था कि पूरे संसार के हज़ारों कॉरपोरेशन एक साथ दिवालिया नहीं हो सकते। यानी जोखिम लगभग शून्य है और बैंक व संस्थाएँ जो प्रीमियम चुकाते थे, उन पर दावों के रूप में कभी भुगतान नहीं करना पड़ेगा। इस अनुमान पर काम करके एआईजी ने प्रीमियम में सैकड़ों मिलियन डॉलर की कमाई की। यह कम जोखिम वाला आसान पैसा था।

फिर एक दिन बैंकों ने एआईजी से कहा कि यह सबप्राइम लोन्स के कई समूहों का बीमा कर दे, जिन्हें कॉरपोरेट बॉन्ड्स की तरह ही पैकेज किया गया था। एआईजी ने सोचा कि चूँकि कॉरपोरेट बॉन्ड्स पर बीमा करने से यह ढेर सारे पैसे कमा रही थी, इसलिए सबप्राइम मॉर्टगेज के समूह का बीमा करना भी फ़ायदे का सौदा होगा। लेकिन इसने कभी यह पता लगाने की जहमत नहीं उठाई कि सबप्राइम मॉर्टगेजेस के बड़े समूह के क़र्ज़ नहीं चुकाने का कितना जोखिम था। फिर मंदी आ गई और लाखों सबप्राइम मॉर्टगेज डिफ़ॉल्ट होने लगे। जिन सबप्राइम बॉन्ड्स का एआईजी ने बीमा किया था, उनके भाव गिरने लगे, जिस कारण एआईजी को अपने सबप्राइम बीमा अनुबंधों को सहारा देने के लिए अतिरिक्त राशि का प्रावधान करना पड़ा। फिर परिस्थितियाँ बद से बदतर होती चली गईं और एआईजी की संपत्तियाँ ख़त्म हो गईं, जिस कारण यह अतिरिक्त राशि का प्रावधान नहीं कर सकती थी। अचानक कंपनी पर यह जोखिम यह आ गया कि यह अपने सारे सबप्राइम बीमा अनुबंधों पर डिफ़ॉल्ट कर सकती है, जिसे इसने संसार की वित्तीय संस्थाओं को बेचा था।

एआईजी के डिफ़ॉल्ट का मतलब यह था कि जिन बैंकों व संस्थाओं को इसने अनुबंध बेचा था, उनके पास बिना बीमे के बॉन्ड पोर्टफ़ोलियो बचेंगे। इसका मतलब है कि बैंक और संस्थाएँ उनके बॉन्ड पोर्टफ़ोलियो में मूल्य घटने पर अटक जाएँगे - कुछ हद तक वैसा ही है, जैसे आपका मकान जल जाए और उसका बीमा नहीं हो। एआईजी के अतिरिक्त प्रावधान नहीं करने की आशंका से संसार की बहुत सारी वित्तीय संस्थाओं पर दिवालिया होने का जोखिम आ सकता था, यानी पूरे विश्व की अर्थव्यवस्था संकट में आ सकती थी। इसीलिए अमेरिकी ट्रेज़री ने एआईजी को 85 अरब डॉलर का लोन दिया - क्योंकि बहुत कुछ दाँव पर लगा था।

निवेश ग्रेड के कॉरपोरेट क़र्ज़ का बीमा करने के अच्छे विचार की वजह से एआईजी ने अंततः सबप्राइम मॉर्टगेजेस के समूह का बीमा किया, जो एआईजी और बाक़ी संसार के लिए सचमुच, सचमुच बुरा विचार था।

जैसा वॉरेन कहते हैं, आप बुरे विचार के बजाय अच्छे विचार के कारण काफ़ी मुश्किल में पड़ सकते हैं।

23

नियम तोड़ने वाले कर्मचारियों से कैसे निबटें

"मैदान के बीच में रहकर बहुत सारे पैसे कमाए जा सकते हैं। किनारों पर खेलने की कोई ज़रूरत नहीं है।"

—वॉरेन बफ़ेट

यह सलाह वॉरेन ने अपनी कंपनियों के मैनेजरों को सैलोमन ब्रदर्स बॉन्ड-ट्रेडिंग स्कैंडल के बाद दी थी। सैलोमन ब्रदर्स एक वॉल स्ट्रीट निवेश बैंक था, जो बॉन्ड ट्रेडिंग में माहिर था। 1980 के दशक के अंत में वॉरेन ने इस कंपनी के प्रिफ़र्ड स्टॉक में 700 मिलियन डॉलर का निवेश किया था। 1991 में सैलोमन के दो बॉन्ड ट्रेडरों ने ट्रेज़री बॉन्ड ख़रीदने के लिए अमेरिकी ट्रेज़री के बिडिंग नियमों का उल्लंघन किया। अमेरिकी ट्रेज़री द्वारा ट्रेज़री बॉन्ड्स के नए ईशू के लिए जितनी अनुमति थी, उससे ज़्यादा बड़ा हिस्सा हासिल करने की कोशिश में उन्होंने अमेरिकी ट्रेज़री को झूठी बिड भेजी और उनकी यह करतूत पकड़ में आ गई। अपने ट्रेडर्स के ग़ैर-क़ानूनी कामों का पता चलने पर सैलोमन के प्रबंधन ने एसईसी या अमेरिकी ट्रेज़री के प्रति कोई ईमानदारी नहीं दिखाई। इस कारण ट्रेज़री सैलोमन को ट्रेज़री बॉन्ड में ट्रेडिंग करने से प्रतिबंधित करने पर विचार करने लगी। यह निश्चित रूप से कंपनी और वॉरेन के निवेश के लिए मौत की घंटी होता। सैलोमन के संचालक मंडल के आग्रह पर वॉरेन बोर्ड के चेयरमैन बन गए और उन्होंने तुरंत ही सैलोमन के घर की सफ़ाई शुरू कर दी। उन्होंने इसके सीईओ

तथा शीर्ष मैनेजरों को हटा दिया, जो झूठी बिड्स डालने वाले ट्रेडर्स के पर्यवेक्षक थे। उन्होंने अमेरिकी ट्रेज़री के प्रति ईमानदारी और पारदर्शिता की नीति अपनाई तथा जाँचकर्ताओं को सैलोमन के रिकॉर्ड देखने की पूरी छूट दी। अंत में सैलोमन को 290 मिलियन डॉलर का तगड़ा जुर्माना देना पड़ा, लेकिन ट्रेज़री में ट्रेडिंग पर प्रतिबंध नहीं लगा, जिसका मतलब था कि कंपनी कारोबार में बनी रही।

वॉरेन ने अपने मैनेजरों को यह सबक़ सिखाया : हालाँकि पैसे बनाने में आक्रामक होना महत्त्वपूर्ण है, लेकिन आप क़ानून के दायरे के भीतर रहकर भी अपनी ज़रूरत का पैसा कमा सकते हैं। जब मैनेजर फटाफट पैसे कमाने के नाम पर क़ानून तोड़ते हैं, तो वे अपने एक ग़लत काम से पूरे व्यवसाय को गँवाने का जोखिम लेते हैं। सैलोमन के मामले में दो बॉन्ड ट्रेडरों ने अमेरिकी शासकीय बॉन्ड बाज़ार में थोड़ी ज़्यादा हिस्सेदारी के लिए पूरी कंपनी को दाँव पर लगा दिया था।

मैनेजरों के रूप में हमें अपने कर्मचारियों को सतर्कता से देखना चाहिए और यह सुनिश्चित करना चाहिए कि वे अपने करियर को आगे बढ़ाने के चक्कर में पूरी कंपनी को दाँव पर नहीं लगा दें। और जब हम कर्मचारियों को कोई ग़ैर-क़ानूनी काम करते हुए पकड़ें, तो हमें सबसे पहले अधिकारियों को सूचित करना चाहिए। सूचित नहीं करने पर आप अपराध में सहयोगी बनते हैं, जो अपने आप में एक अपराध है। यह एक मुश्किल सबक़ है, जिसे कोई भी खुद नहीं सीखना चाहेगा।

24

अपनी ग़लतियों से कैसे निबटें

"मैं बहुत सारी ग़लतियाँ करता हूँ और आगे भी बहुत सारी ग़लतियाँ करूँगा। यह खेल का हिस्सा है। आपको तो बस यह सुनिश्चित करना है कि सही चीज़ें ग़लत चीज़ों से ज़्यादा हों।"

—वॉरेन बफ़ेट

कोई व्यक्ति आदर्श नहीं होता, वॉरेन भी नहीं। ग़लतियाँ इंसान होने का हिस्सा हैं और उनसे बचना संभव नहीं है। याद रखने वाली बात यह है कि जीवन में हमारी सफलताएँ ग़लतियों से ज़्यादा होनी चाहिए। यह समीकरण अगर उलटा हो जाए, तो हम मुश्किल में पड़ जाएँगे।

वॉरेन ने कई तरह की ग़लतियाँ की हैं, जैसे किसी व्यवसाय को महँगे में ख़रीदना - कॉन्कोफ़िलिप्स और फिर यूएसएयर; डूबते व्यवसाय को ख़रीदना - ब्लू चिप स्टांप; और सही व्यवसाय को सही वक़्त पर नहीं ख़रीदना- उन्होंने शुरुआत में कैपिटल सिटीज़ ब्रॉडकास्टिंग के मामले में टालमटोल की थी। उन्होंने अपने मैनेजरों के मामले में भी कुछ गंभीर ग़लतियाँ की हैं - उन्होंने अपने बीमा व्यवसाय के संचालन के लिए खुद को चुना (जो बुरा विचार साबित हुआ) - और डेम्प्स्टर मिल्स को चलाने के लिए जिस पहले मैनेजर को चुना वह नाकाम रहा, जबकि दूसरा विजेता रहा। लेकिन इसके बावजूद वे संसार के दूसरे सबसे अमीर आदमी बन गए।

वॉरेन अपनी ग़लतियों से जिस तरह निबटते हैं, उसकी बदौलत वे बाक़ी लोगों से अलग दिखते हैं। वे ग़लतियों से सीखते हैं, लेकिन उन पर ध्यान केंद्रित नहीं करते। जो लोग अपनी ग़लतियों के बारे में ही सोचते रहते हैं, वे बहुत सारा समय और ऊर्जा बरबाद करते हैं, जिसे पैसे बनाने और जीवन का आनंद लेने के नए तरीक़े खोजने में ख़र्च किया जा सकता है।

ग़लतियाँ अतीत का हिस्सा हैं और वॉरेन कहते हैं कि हमें उनसे सबक़ सीखने के बाद अतीत में ही रहने देना चाहिए, क्योंकि आगे का सारा पैसा भविष्य में ही कमाया जाएगा।

25

चापलूस अच्छे होते हैं या बुरे?

"एक चीज़ तय है : अगर कोई सीईओ किसी बहुत मूर्खतापूर्ण अधिग्रहण के बारे में उत्साहित है, तो उसका आंतरिक स्टाफ़ और उसके बाहरी सलाहकार दोनों ही उसके दृष्टिकोण को तर्कसंगत साबित करने के लिए आवश्यक सारे प्रोजेक्शन सोच लेंगे। सिर्फ़ परीकथाओं में ही सम्राट को बताया जाता है कि वह नंगा है।"

— वॉरेन बफ़ेट

लीडर्स चाहते हैं कि लोग उनसे प्यार करें और इस आवश्यकता को पूरा करने के चक्कर में वे अपने आस-पास जीहुज़ूर लोगों का दायरा बना लेते हैं। जीहुज़ूर लोग बॉस को यह बताकर अपनी आजीविका कमाते हैं कि वह कितना महान इंसान है और उसके विचार कितने बेहतरीन हैं, भले ही ऐसा नहीं हो। वे सच क्यों नहीं बोलते? क्योंकि यह उनका काम नहीं है। उनका काम तो बॉस की हाँ में हाँ मिलाना है। क्योंकि उन्हें इसी काम के लिए उदार पुरस्कार मिलते हैं।

चापलूस हर कंपनी में होते हैं, जो बॉस को मक्खन लगाते हैं और सच्चाई को नज़रअंदाज़ करते हैं। अगर आप किसी सलाहकार को नियुक्त करते हैं, तो वह प्रायः उसी काम को करने की सलाह देना चाहेगा, जिसे आप खुद करना चाहते हैं। जो सलाहकार ज़्यादा बार विरोध में जाते हैं, वे

जल्दी ही बेरोज़गार हो जाएँगे। ज़्यादातर मैनेजर "नहीं कहने वाले लोगों" को आस-पास रखना पसंद नहीं करते।

खुद को जीहुजूर लोगों से घेरने में क्या ग़लत है? देखिए, इसका नतीजा यह होता है कि जिस तबाही को पहले से देखा जा सकता था, उसके बारे में कोई आपको आगाह नहीं करता है और यह अचानक सामने आ जाती है और आपका संचालक मंडल आपसे इस्तीफ़ा देने को कहता है। वॉल स्ट्रीट ऐसे सीईओ की कहानियों से भरी पड़ी है, जिन्होंने अपने जीहुजूर लोगों की इस बात पर भरोसा कर लिया कि उनकी कंपनियाँ डेरिवेटिव्ज़ के जोखिम को सँभाल सकती हैं। जब तब सीईओज़ को पता चला कि जोखिम को नहीं सँभाला जा सकता, तब तक उनके और उनकी कंपनियों के लिए बहुत देर हो चुकी थी।

वॉरेन का समाधान यह है कि अपने आस-पास कम से कम लोग रखें। दरअसल, वे तो यहाँ तक कहते हैं कि जब उन्हें कोई सामूहिक निर्णय लेना होता है, तो वे आईने में देख लेते हैं। अगर उन्हें किसी से सलाह लेनी ही हो, तो वे बर्कशायर के वाइस चेयरमैन चार्ली मंगर से लेते हैं, जो एक बार "हाँ" बोलते हैं, तो दस बार "नहीं" बोलते हैं। वॉरेन चार्ली को अपना "ना बोलने वाला परामर्शदाता" मानते हैं। हो सकता है कि "नहीं" कहने की चार्ली की आदत से वे कभी पार्टी की जान नहीं बनें, लेकिन इससे एक से ज़्यादा बार वॉरेन ग़लत काम करने से बचे हैं।

26

चूके अवसरों से सीखें

"अवसर चूकने की ग़लतियाँ फ़ाइनैंशियल स्टेटमेंट्स में नज़र नहीं आती हैं, इसलिए ज़्यादातर लोग उन पर ध्यान नहीं देते हैं। हम चूकने की ग़लतियों पर भी ध्यान देते हैं।"

—वॉरेन बफ़ेट

सर्वश्रेष्ठ मैनेजर भी कई बार अवसर चूक जाते हैं और इस बात को अक्सर पूरी तरह नज़रअंदाज़ किया जाता है। वॉरेन खुलकर स्वीकार करते हैं कि निवेश के संसार और बर्कशायर के प्रबंधन में वे इतने ज़्यादा अवसर चूके हैं, जितने नहीं चूकने चाहिए थे - उन्हें अफ़सोस होता है कि उन्होंने वाल-मार्ट और वॉलग्रीन्स जल्दी क्यों नहीं ख़रीदे। जब वॉरेन कोई अवसर चूक जाते हैं, तो वे इस पर मनन करने में थोड़ा समय बिताना पसंद करते हैं कि यह उनकी राडार स्क्रीन पर क्यों नहीं आया या उन्होंने इसे देखने के बावजूद काम क्यों नहीं किया। इस विश्लेषण का लक्ष्य यह होता है कि स्थिति के पुनर्मूल्यांकन से उन्हें इतना ज्ञान मिल जाएगा कि वे वही ग़लती भविष्य में नहीं दोहराएँगे।

वॉरेन के संसार में दो बुनियादी तरह के अवसर होते हैं, जिन्हें वे चूक गए : (1) एक तो वे जिन्हें हम इसलिए चूके, क्योंकि वे हमें दिख ही नहीं पाए; और (2) दूसरे वे, जिन्हें हमने देख तो लिया था, लेकिन इसके बावजूद

हमने क़दम नहीं उठाया। दूसरे वाले अवसर सबसे ज़्यादा कुंठित करते हैं, क्योंकि वे हमारी आँखों के ठीक सामने थे।

अगर अवसर हमें नहीं दिखा, तो समाधान यह है कि हमें अपनी खोज का दायरा बढ़ाना चाहिए। बिज़नेस ब्रोकर्स और निवेश बैंकरों का पूरा संसार हमें संभावित अवसर दिखाने के लिए बेताब रहता है।

जिन अवसरों को हम देख सकते हैं, लेकिन उन पर क़दम नहीं उठाते, उनका लाभ नहीं उठाने का सबसे आम कारण यह होता है कि हमने जोखिम की गणना में ग़लती कर दी। अगर हम इन्हें बहुत जोखिम वाला नहीं मानते, तो हम इन पर काम कर देते।

जोखिम के ग़लत आकलन के कारण चूकने की ग़लतियाँ समझना सबसे आसान है : हमने सारी उपलब्ध जानकारी का विश्लेषण किया और फिर उस जानकारी के आधार पर अपने विवेक से निर्णय लिया। अगर हमारे पास सही जानकारी नहीं है, तो हम सही निर्णय नहीं ले सकते। इसीलिए वॉरेन अपनी व्यक्तिगत कंपनियों के मैनेजरों को उनकी कंपनियों के संदर्भ में बड़े से बड़े निर्णय लेने देते हैं - वे मानते हैं कि मैनेजर उनके खेल को वॉरेन से ज़्यादा अच्छी तरह जानते हैं।

लेकिन चूकने की जो ग़लतियाँ आँख बंद रहने के कारण हुईं, वे हमारी प्रबंधन योग्यता और संगठनात्मक योग्यताओं के कारण होती हैं। एक अच्छा मैनेजर हमेशा अवसर की तलाश करता है और अपनी सहायता के लिए आवश्यक अधोसंरचना तैयार करता है।

सर्वश्रेष्ठ मैनेजर वॉरेन की मिसाल का अनुसरण करते हैं - वे चूके हुए अवसरों की जाँच करते हैं और मुश्किल सवाल पूछते हैं कि वे उन्हें क्यों चूके। ताकि अगली बार वे उस तरह के अवसर को अपनी अँगुलियों से फिसलने नहीं दें, बल्कि कसकर पकड़ लें।

27

आज़माए हुए और सच्चे पर भरोसा करो

"आपको हर चीज़ के बारे में सोचने की ज़रूरत नहीं है। यह आइजक न्यूटन ही हैं जिन्होंने कहा था, 'मैंने दुनिया को थोड़ा ज़्यादा देखा है, क्योंकि मैं दिग्गजों के कंधों पर खड़ा था।' दूसरों के कंधों पर खड़े होने में कुछ भी ग़लत नहीं है।"

—वॉरेन बफ़ेट

युवा मैनेजरों की एक बड़ी ग़लती यह होती है कि वे सोचते हैं कि शिखर तक पहुँचने के लिए उनके पास कोई मौलिक विचार होना चाहिए या सृजनात्मक जीनियस का कोई लक्षण होना चाहिए। ये ज़ोरदार विचार प्रायः महँगी मूर्खता की ओर ले जाते हैं।

वॉरेन ने पाया है कि व्यवसाय और जीवन में सर्वश्रेष्ठ विचार वे होते हैं, जिन्हें आज़माया और सच पाया गया है, क्योंकि वहाँ असफलता की आशंका लगभग शून्य है। ये आज़माए हुए विचार कहाँ से आते हैं? दूसरे लोगों और व्यवसायों से, जिन्होंने उन्हें सफलतापूर्वक आज़माया है।

सफल व्यवसायों का अध्ययन करने पर हमें इस बारे में दर्जनों बेहतरीन विचार मिल सकते हैं कि किसी चीज़ को सही कैसे करें। दूसरी ओर, असफल व्यवसायों का अध्ययन करके हम सीखते हैं कि किसी चीज़ को ग़लत करना कितना आसान होता है।

महान जैज़ संगीतकार माइल्स डेविस ने एक बार कहा था, "कमतर संगीतकार उधार लेते हैं, महान संगीतकार चोरी करते हैं।" यही बात महान बिज़नेस मैनेजरों के बारे में कही जा सकती है। अगर हमें कहीं कोई बेहतरीन विचार नज़र आता है, तो हमें इसे चुरा लेना चाहिए और इसका तुरंत इस्तेमाल करना चाहिए। हमें ये अद्भुत विचार कहाँ मिल सकते हैं? अपने प्रतिस्पर्धियों का अध्ययन करने से कि वे क्या सही कर रहे हैं और क्या ग़लत कर रहे हैं।

रोज़ ब्लमकिन ने 1930 के दशक में नेब्रास्का फ़र्नीचर मार्ट की स्थापना की। वे रूस से आई थीं और अपने साथ यह सरल व्यापारी विचार लाई थीं कि ज़्यादा मात्रा में बेचने के लिए डिस्काउंट दो। इस विचार को उन्होंने अपने स्टोर में लागू किया। स्थानीय स्थापित व्यापारियों ने डिस्काउंट देने से इंकार कर दिया, जिस वजह से रोज़ ने उनके बहुत से ग्राहकों को तोड़ लिया। नौबत यहाँ तक आ गई कि दूसरे व्यापारियों ने उन पर अनुचित व्यापारिक प्रणालियों का आरोप लगाकर कोर्ट में मुकदमा दायर कर दिया। ब्लमकिन ने अपनी रक्षा में जो तर्क रखा, वह आसान था - दूसरे व्यापारी बहुत ज़्यादा पैसे लेते थे। जज ने रोज़ के पक्ष में फ़ैसला सुनाया और जज तथा उनकी पत्नी अगले दिन ब्लमकिन के स्टोर में गए और अपने घर के लिए कारपेट ख़रीद लाए। रोज़ ने डिस्काउंटिंग का आविष्कार नहीं किया था; उन्होंने तो एक विचार उधार लिया था, जिसका इस्तेमाल रूस के व्यापारी कर रहे थे और इसी उधार विचार को लागू करके उन्होंने अमेरिका में पैसे कमाए।

जैक रिंगवाल्ट वॉरेन के गृहनगर ओमाहा में नैशनल इंडेमिटी नामक छोटी बीमा कंपनी के मालिक तथा संचालक थे। जैक ने लागत पर पैनी निगाह रखकर कंपनी चलाई और वे अंडरराइटिंग यानी बीमा जारी करने के अनुशासन के बारे में जुनूनी थे। वे सिर्फ़ तभी बीमा करते थे, जब उन्हें पक्का पता होता था कि वे पैसे कमा पाएँगे। अगर बीमे की दर कम हो जाती थी, तो वे पॉलिसी देना छोड़ देते थे, भले ही उनका स्टाफ़ मक्खियाँ मारता रहे - रिंगवाल्ट को इससे दिक़्क़त नहीं होती थी, क्योंकि उन्होंने अच्छे समय में बहुत-सी अतिरिक्त पूँजी जमा कर ली थी। उन्होंने वॉरेन से एक बार कहा था, "बुरे जोखिम जैसी कोई चीज़ नहीं होती। सिर्फ़ बुरा भाव होता है।" जैक ने इस तरीक़े से व्यापार करके खुद को अमीर बनाया। जब वॉरेन ने नैशनल इंडेमिटी को ख़रीदा, तो उन्होंने ना सिर्फ़ जैक के अनुशासित

अंडरराइटिंग के दर्शन को क़ायम रखा, बल्कि इसे हर बीमा कंपनी में लागू किया, जिसमें उन्होंने निवेश किया। अनुशासित अंडरराइटिंग की बदौलत बर्कशायर ओमाहा की छोटी बीमा कंपनी से संसार की सबसे बड़ी बीमा कंपनियों में से एक बन चुकी है।

माउंट एवरेस्ट ऊँचा है, यह जानने के लिए आपको इसके शिखर पर खड़े होने की ज़रूरत नहीं है। इसी तरह, किसी बेहतरीन मैनेजर या अच्छी तरह चल रही कंपनी को पहचानने के लिए आपका जीनियस होना ज़रूरी नहीं है। लेकिन एक बार जब आप यह कर लें, तो ध्यान दें और पेशेवरों से सीखें। इस नीति ने वॉरेन के लिए काम किया है और यह आपके लिए भी काम करेगी।

28

जीवन में ऊपर उठें

"अपने से बेहतर लोगों के साथ रहना बेहतर होता है। ऐसे सहयोगी चुनें, जिनका व्यवहार आपसे बेहतर है और आप भी उसी दिशा में चले जाएँगे।"

— वॉरेन बफ़ेट

वॉरेन के अनुसार हमारे व्यक्तिगत जीवन के प्रबंधन में हम उन्हीं लोगों जैसे बन जाते हैं, जिनके साथ हम ज़्यादातर समय रहते हैं। निचले स्तर के लोगों के साथ रहने पर हम नीचे पहुँच जाएँगे, जबकि स्मार्ट शिक्षित लोगों के साथ रहने पर हम ऊपर उठ जाएँगे।

किशोरावस्था में वॉरेन ने अपना ज़्यादातर समय रेसट्रैक पर गुज़ारा, जहाँ उन्होंने संभावनाओं को तौलना सीखा। वे जुए के क्षेत्र में तो नहीं गए, लेकिन उन्होंने संभावनाओं के आकलन के अपने ज्ञान का इस्तेमाल कॉलेज और ग्रेजुएट स्कूल में किया। उन्होंने ऐसे मार्गदर्शक खोजे, जो उनसे ज़्यादा उम्र वाले और समझदार थे, जिन्होंने उनमें रुचि ली और उन्हें वित्त व निवेश के संसार के लिए तैयार किया। उनकी मदद से वॉरेन भी ऊपर उठ गए।

जब शुरुआत में वॉरेन ने निवेश पार्टनरशिप चलाई, तो उन्होंने ओमाहा के व्यावसायिक उच्च वर्ग से दोस्ती की। इस वर्ग में निक न्यूमैन शामिल थे, जिन्होंने द्वितीय विश्वयुद्ध में विकसित वेयरहाउसिंग तकनीकों का इस्तेमाल करके आधुनिक सुपरमार्केट चेन बनाई और नैशनल इंडेमिटी कंपनी के संस्थापक जैक रिंगवाल्ट भी, जिन्होंने वॉरेन को अनुशासित अंडरराइटिंग की

अवधारणा सिखाई। जीवन में बाद में उन्होंने *वॉशिंगटन पोस्ट* की स्वामिनी कैथरीन ग्राहम और माइक्रोसॉफ़्ट के संस्थापक बिल गेट्स के साथ समय बिताया। इन मित्रताओं से लंबे समय में वॉरेन को काफ़ी फ़ायदा हुआ और उन्हें अनुसरण के लिए सृजनात्मक, सफल व्यावसायिक रोल मॉडल मिले।

यहाँ वॉरेन का सबक़ यह है : हम उन्हीं लोगों जैसे बन जाते हैं, जिनके साथ हम रहते हैं। अपने साथियों के मामले में ऊँचा लक्ष्य रखें और आप शिखर पर पहुँच जाएँगे। लक्ष्य नीचा रखेंगे, तो यह नहीं कहा जा सकता कि आप कितने नीचे गिर जाएँगे।

29

मुद्रास्फीति के लिए "स्वयं" का प्रबंधन करना

"मुद्रास्फीति के दौरान सर्वश्रेष्ठ संपत्ति आपकी आमदनी की शक्ति है। आप अपनी योग्यताओं को बेहतर बनाने और खुद को ज़्यादा मूल्यवान बनाने के लिए जो भी करते हैं, वह वास्तविक क्रय शक्ति के संदर्भ में बहुत लाभ देगा। आप जो भी करते हों, चाहे आप मेजर लीग के बेसबॉल प्लेयर हों या अच्छे सहायक हों, आप अपनी सर्वश्रेष्ठ संपत्ति हैं।"

—वॉरेन बफ़ेट

वॉरेन कहते हैं कि आपको खुद को एक व्यवसाय या कंपनी की तरह देखना चाहिए। हालाँकि आप कंपनी की तरह नहीं दिखते हैं, ना ही कंपनी की तरह काम करते हैं, लेकिन आप एक व्यवसाय हैं, जिसमें कमाने की असीमित योग्यता है और आपकी सबसे बड़ी संपत्ति आप स्वयं हैं।

जब आप युवा और अनुभवहीन होते हैं, तो आपकी कंपनी ज़्यादा पैसे नहीं बनाती है, लेकिन जब आप ज़्यादा शिक्षा और अनुभव हासिल करते हैं, आपकी कमाने की क्षमता उतनी ही ज़्यादा बढ़ जाती है। शिक्षा और अनुभव आपकी कंपनी को चलाने वाली दो कुंजियाँ हैं।

चाहे आप अकाउंटेंट हों या रॉक स्टार, हर व्यक्ति नीचे से शुरू करता है और ऊपर का रास्ता तय करता है। हाँ, हो सकता है कि डैडी ने एक-दो

दरवाज़े खोल दिए हों, लेकिन सच्चाई यह है कि शिखर पर पहुँचने और वहाँ बने रहने के लिए आपमें अपने चुने हुए पेशे या हुनर में उत्कृष्ट होने की ऊर्जा और प्रबल प्रेरणा होनी चाहिए।

वॉरेन मानते हैं कि आपको अपनी कंपनी की अच्छी परवाह करनी चाहिए, जिसका मतलब है अपनी सेहत की अच्छी परवाह करना और अच्छी शिक्षा हासिल करना। आपको अपनी कमाने की क्षमता को बेहतर बनाने और इसे तबाही से सुरक्षित रखने के तरीक़े सोचने चाहिए। मुद्रास्फीति से आगे रहने के मामले में कमाने की क्षमता से बेहतर कुछ नहीं होता।

आपकी कंपनी जितनी ख़ास या अनूठी होती है, आप भाव बढ़ाने के लिए उतने ही ज़्यादा स्वतंत्र होते हैं। अनूठे पेशों में काम करने वाले लोग मुद्रास्फीति में भाव बढ़ा सकते हैं, क्योंकि उनके कोई प्रतिस्पर्धी नहीं होते, इसलिए वे अपनी सेवाओं के भाव बढ़ा सकते हैं।

यहाँ नियम सरल है : हममें से हर व्यक्ति एक कंपनी है, जिसमें कमाने की ज़बर्दस्त क्षमता है। अगर हम अपनी परवाह करें और शिक्षा व अनुभव हासिल कर लें, तो हमारी आर्थिक संभावना असीमित है और यह हमें ना सिर्फ़ मुद्रास्फीति से बचाएगी, बल्कि अमीर भी बना सकती है।

30

व्यक्तिगत क़र्ज़ का प्रबंधन करना

"आप 18-20 प्रतिशत ब्याज पर पैसे उधार लेकर आगे नहीं रह सकते। मैं यह काम नहीं कर सकता - मैं दिवालिया हो जाऊँगा। इसलिए क़र्ज़ से यथासंभव दूर रहें। अगर आपको तार्किक डाउन पेमेंट पर क़र्ज़ मिल रहा हो, तो अपनी पसंद का घर ख़रीद लें। लेकिन इसे तब तक नहीं करें, जब तक कि आप इसे सँभाल नहीं सकते हों। सिर्फ़ वही ज़िम्मेदारियाँ लें, जिन्हें आप सँभाल सकते हों; बाक़ी से बचें।"

— वॉरेन बफ़ेट

रिटेलिंग के संसार में पहले प्रॉडक्ट्स बेचे जाते थे, आजकल आपको प्रॉडक्ट्स ख़रीदने के लिए पैसे बेचे जाते हैं। आधुनिक व्यापारी उपभोक्ताओं को सामान ख़रीदने के पैसे उधार देकर कमाई करता है। पहले व्यापारी सामान के मार्जिन पर पैसे बनाते थे, लेकिन वॉल्यूम डिस्काउंटिंग और कठोर स्पर्धा के युग में ये मार्जिन धीरे-धीरे कम हो गए। लेकिन अब आप सिर्फ़ सामान बेचने पर ही पैसे नहीं कमाते। आज आप ग्राहक को ख़रीदने के पैसे उधार देकर भी पैसे कमा सकते हैं। इसका मतलब है कि आपको दो बार नक़द पैसे मिलते हैं : जब उपभोक्ता पैसे उधार लेता है और जब वह इसे ख़र्च करता है। जब कंपनियों को पता चला कि वे हमें 18-20 प्रतिशत पर पैसे उधार दे सकती हैं, तो उन्होंने बहुत जल्दी यह अनुमान

लगा लिया कि वे सामान बेचने के बजाय उधार देकर ज़्यादा कमाई कर सकती हैं।

क्रेडिट कार्ड कंपनियाँ यह बात बरसों पहले समझ गई थीं। वे छोटे से छोटे सामान की ख़रीदारी के लिए भी पैसे देती हैं। अगर आप समय पर अपने बिल का पूरा भुगतान नहीं कर पाते हैं, तो वे आपसे बहुत ज़्यादा ब्याज लेती हैं। यह सिर्फ़ एक अच्छा व्यवसाय नहीं है; यह तो बेहतरीन व्यवसाय है। कुछ समय बाद यह बात व्यापारियों को भी समझ में आ गई। आज की तारीख़ में आधुनिक फ़र्नीचर, एप्लाएंस और कंप्यूटर स्टोर छिपे हुए बैंक बन चुके हैं। उन्हें आपसे नक़द पैसे नहीं चाहिए; वे तो नए टीवी या फ़्रिज की आपकी ख़रीदारी को फ़ाइनैंस करना ज़्यादा पसंद करेंगे। इस पैसे बनाने वाली योजना को सुगम बनाने के लिए आधुनिक व्यापारी आपको बिना डाउन पेमेंट के और साठ दिनों तक बिना भुगतान के प्रॉडक्ट देने को तैयार रहता है, बशर्ते आप क़र्ज़ लेने के लिए हाँ कर दें।

वॉरेन की सलाह यह है कि यह खेल सुरक्षित तरीक़े से खेलें और किसी भी तरह के क़र्ज़ से बचें, जिसे आप आरामदेह तरीक़े से नहीं सँभाल सकते। उन्होंने खुद इसे सुरक्षित तरीक़े से खेला था। वॉरेन ने अपने पहले मकान के लिए 34,000 डॉलर दिए और वे अब भी इसी में रहते हैं। मिलियनेअर बनने के बहुत बाद तक वे सस्ती कार चलाते थे। अपने पैसों के साथ अनुशासित रहकर और ज़्यादा ख़र्च नहीं करके उन्होंने निवेश करने के लिए पूँजी इकट्ठी की, जिसका उन्होंने अच्छी तरह निवेश किया और बेहद अमीर बन गए। उन्होंने यह काम तब किया, जब बाक़ी लोग क़र्ज़ का ढेर लगाने में व्यस्त थे, ताकि वे ज़्यादा बड़े तथा ज़्यादा अच्छे मकानों में रह सकें और ज़्यादा बड़ी तथा ज़्यादा अच्छी कारें चला सकें। खरगोश और कछुए की कहानी याद करें। खरगोश ने ज़्यादा से ज़्यादा क़र्ज़ इकट्ठा किया, ताकि वह ज़्यादा तेज़ जीवन जी सके, जबकि धीमा कछुआ अपने संसाधनों से काफ़ी कम में रहा और अपने भविष्य के लिए बचत का निवेश किया। बीच में मंदी आती है, जिससे तेज़ दौड़ने वाला खरगोश धराशायी हो जाता है और क़र्ज़ के दावानल में जल जाता है, जबकि क़र्ज़मुक्त कछुआ आगे चलता रहता है।

याद रखें : कम उधार लेना और ज़्यादा बचत करना अमीरी और रात को अच्छी तरह सोने का मार्ग है। ज़्यादा उधार लेना और कम बचत करना ख़राब समय और कंगाली की ओर ले जाता है।

समापन

हम आपको धन्यवाद देते हैं कि आपने हमारे साथ वॉरेन बफ़ेट के प्रबंधन रहस्यों की पड़ताल की यह यात्रा की। आपमें से जो लोग वॉरेन बफ़ेट की निवेश तकनीकों में रुचि रखते हों, उन्हें हम अपनी पाँच अन्य पुस्तकें पढ़ने की सलाह देते हैं - *बफ़ेटोलॉजी, द बफ़ेटोलॉजी वर्कबुक, द न्यू बफ़ेटोलॉजी, द ताओ ऑफ़ वॉरेन बफ़ेट,* और *वॉरेन बफ़ेट ऐंड द इंटरप्रीटेशन ऑफ़ फ़ाइनैंशियल स्टेटमेंट्स।*

अगर आप कोई विशेष प्रश्न पूछना चाहें, तो नीचे दिए ईमेल पर हमसे सीधे संपर्क कर सकते हैं :

Marybuffettology@gmail.com

Davidbuffettology@gmail.com

हो सकता है कि हमें जवाब देने में थोड़ा वक़्त लग जाए, लेकिन हम आपको विश्वास दिलाते हैं कि आपके विचार हमारे लिए महत्त्वपूर्ण हैं और हम बेताबी से आपके ईमेल की प्रतीक्षा कर रहे हैं।

शुभकामनाएँ,
मैरी बफ़ेट और डेविड क्लार्क

आभार

मेरी धन्यवाद देना चाहती हैं...

अपनी हैरतअंगेज पुत्रियों, एरिका और निकोल बफ़ेट को प्यार एवं आदर के साथ। अपनी बहन और विश्वस्त डोरोथी मेनली को। आत्मीयता की भावना से ओतप्रोत मॉरीन थॉमसन को उनके रचनात्मक प्रभाव के लिए। श्रेणी की प्रभावशाली महिला, फ़ीलिस बैट, और उनके दयालु और विद्वान पति पीटर को। जॉस्लिन स्किमर को, जो हमारी दुनिया को चलाए रखते हैं और जो किसी के भी सबसे अच्छे दोस्त हो सकते हैं। और तमाम रोमांच के राजकुमार और राजकुमारी, रिचर्ड बैंग्स और लौरा हबर। ग्रेटचेन रॉलिन्स मेरी प्रेरक शक्ति और विश्वासपात्र। विश्वास है कि हमारी पटकथा हमारी किताबों की तरह ही सफल होगी। बेशक, मेरे प्रोफ़ेसर सरकिटी ओ'कीफ़ को। और हमेशा मेरी प्रेरणा और बेटे सैम बफ़ेट हेगुड को, जिसे यह पुस्तक समर्पित है।

डेविड धन्यवाद देना चाहते हैं...

केट और डेक्स्टर क्लार्क को अपने प्यार और कभी ना ख़त्म होने वाले धैर्य की बात करने के लिए। सैम क्लार्क, अलेक्जेंडर पेन, बॉब ईसेनबर्ग, टॉड साइमन, स्टीव जॉय, टेरी रोसेनबर्ग, लैरी बोल्डिंग, जॉन जेबेनिस और गेरी स्पेन्स को उनकी कभी ना ख़त्म होने वाली दोस्ती के लिए। डेविड जेरेमी उरोन और टिम विक को उनकी दोस्ती और इस दिलचस्प समय में उनकी वित्तीय अंतर्दृष्टि दोनों के लिए धन्यवाद देना चाहते हैं।

मैरी बफ़ेट प्रसिद्ध निवेशक वॉरेन बफ़ेट की निवेश तकनीकों पर अंतरराष्ट्रीय ख्याति-प्राप्त लेखिका और वक्ता हैं। वे मल्टीमिलियन डॉलर की एक फ़िल्म एडिटिंग कंपनी की सीईओ भी हैं, जिसके ग्राहकों में कोका-कोला से लेकर मैडोना तक शामिल हैं। वे वर्तमान में सैन्टा मोनिका, कैलिफ़ोर्निया में रहती हैं।

डेविड क्लार्क तीस साल से ज़्यादा समय से पोर्टफ़ोलियो मैनेजर और बफ़ेट परिवार के मित्र हैं तथा उन्हें वॉरेन बफ़ेट की निवेश तकनीकों का अग्रणी जानकार माना जाता है। वे बफ़ेट के गृहनगर ओमाहा, नेब्रास्का में रहते हैं।

अनुवादक के बारे में

डॉ. सुधीर दीक्षित ने 225 से अधिक विभिन्न प्रकार की पुस्तकों का अनुवाद किया है, जिनमें *हैरी पॉटर सीरीज, द सीक्रेट, रिच डैड पुअर डैड, 7 हैबिट्स ऑफ़ हाइली इफेक्टिव पीपल, हाउ टु विन फ्रेंड्स, द पावर ऑफ़ पॉजिटिव थिंकिंग, द पावर ऑफ़ युअर सबकॉन्शस माइंड* और *थिंक एंड ग्रो रिच* जैसी कालजयी पुस्तकें शामिल हैं।

उन्होंने ने मशहूर बेस्टसेलर 'टाइम मैनेजमेंट' सहित 7 मौलिक पुस्तकें लिखी हैं तथा उनकी पुस्तकों का अन्य भाषाओं में अनुवाद भी हो चुका है। डॉ. दीक्षित ने पीएससी (प्रोफेसर) परीक्षा में अंग्रेजी साहित्य की प्रावीण्य सूची में प्रथम स्थान अर्जित किया था। वर्तमान में वे शासकीय नर्मदा महाविद्यालय, नर्मदापुरम (म.प्र) में अंग्रेजी साहित्य के प्रोफ़ेसर हैं। उनसे sdixit123@gmail.com पर ईमेल द्वारा संपर्क किया जा सकता है।